Este Mundo

ESTE MUNDO

•••••••

Diez relatos y un poema

Antonio Gala
M. Vázquez Montalbán
Javier Marías
Bernardo Atxaga
Ray Loriga
José Ángel Mañas
Manuel Rivas
Rosa Montero
Luis Landero
Joaquín Araújo
Mario Benedetti

PLAZA & JANES EDITORES, S.A.

Los autores han cedido sus derechos sobre esta edición a las organizaciones no gubernamentales Amnistía Internacional, Greenpeace y Médicos del Mundo.

Diseño de la portada: Joan Batallé
Fotografías: Tony Stone, Pictor Uniphoto, Phototrans

Primera edición: noviembre, 1995

Editado por Plaza & Janés Editores, S. A.
Enric Granados, 86-88. 08008 Barcelona

Printed in Spain – Impreso en España

ISBN: 84-01-37553-3
Depósito legal: B. 39.846 - 1995

Impreso en Hurope, S. L.
Recared, 2-4. Barcelona

L 375533

Carta al señor Pepito Cardenal
por
ANTONIO GALA

Mi querido señor: en esta mañana, tan especialmente luminosa, me viene el recuerdo de que, hace diez años más o menos, la carta que usted tuvo la bondad de dirigirme causó en mí una profunda impresión. Esa impresión se ha visto hoy ratificada, lo cual me alegra de un modo difícil de exagerar, ya que prueba la certeza y constancia de mis sensaciones, aspecto éste de mi carácter del que hacía tiempo había empezado a desconfiar.

Cuando tal recuerdo vino a mí, lo hizo desde arriba. Quiero decir, a través de los rayos solares. Esto, que quizá a primera vista pueda resultar, si no inverosímil, al menos sorprendente, tiene una muy sencilla explicación. Yo, a partir del día en que cumplí veinte años, sólo he encontrado dos maneras de olvidar mi soledad. Y digo olvidar porque, en definitiva, acaso nunca se trata de vencerla o eliminarla, sino tan sólo de mirar hacia otro lado. El primero de los procedimientos es tenderme, lo más desvestido posible, al sol; cerrar los párpados; extender los brazos; abandonar la cabeza y procurar vaciarla de cualquier contenido. El sol, entonces, viene a tomar posesión de mi cuerpo. Al principio solapadamente, como la mano de un amante que se toma ventajas no permitidas, haciéndose el distraído y tocando asimismo, para disimular, los objetos más próximos. Para empezar, tantea los terrenos. Luego, poco a poco, reconcentra su fuerza, se fija en mí, se apoya. Siento su peso, como el de un lebrel dorado, que se hubiera puesto a dormitar sobre mi vientre. Escucho su ronroneo, que se va introduciendo cada vez más dentro de mí. Que se sustituye a mis vísceras. Que ablanda y termina por disolver mis huesos. Que zarandea y expulsa de mí a mi espíritu...

Y ya soy una cosa. Una cosa depositada en el suelo de una terraza casi sucia, entre ropa recién lavada y macetas que hace tiempo se dieron por vencidas y que ya no florecen; una cosa más en medio de otras. Ya no me siento solo. Abandonado, sí; pero no solo, sino entre las demás cosas abandonadas, cuyo destino es que nadie les pase una mano por encima, que nadie les sonría con cariño. Porque, querido señor mío, no es frecuente hacerle cortesías a una sábana, ni preguntar por su salud a la ropa interior de una señora desconocida. Y ello, yo lo sé bien, como si la seda no fuese más delicada que nuestra epidermis, o el hilo, más sensible que nuestros cabellos.

Así, bajando hasta las cosas, uno comprende algo, aunque no todo.

El segundo procedimiento de que le hablaba consiste más bien en lo contrario, es decir, en subir del nivel habitual. Se corresponde, por tanto, con el anterior y viene a ser su exacto complemento.

Hay, en efecto, días sin sol. Y están las noches, por supuesto, en que sería insensato tenderse semidesnudo en una terraza, a no ser que uno se resignase previamente a unas terribles consecuencias. ¿Qué hacer en esta situación? Una milagrosa casualidad, demasiado larga para describirla ahora, me hizo descubrirlo: el ebrio nunca se siente solo. No quiero decir que no lo esté, cuidado. Es más, él puede gritarlo, repetirlo y sollozar sobre su soledad. Pero *no se siente* solo. Hay una especie de dominación no ejercida; una especie de posibilidad que, por azar, duerme, pero a la que podría despertarse en cualquier momento. El mundo todo cabe dentro del ebrio. Él puede gobernarlo. Si decide, en cambio, dejarse caer en medio de una calle, es porque tiene la certeza de que la victoria será suya. Y esa certeza es una blanda almohada.

Cuando hace poco le decía que su recuerdo me había venido desde arriba, le insinuaba que el sol me lo había inspirado. Y con una fuerza y viveza tales, que no puedo dejar de contestar su carta, si bien reconozco que diez años de espera merecían algo mejor que estas deshilvanadas líneas.

Por otra parte, surge ahora mismo en mí el temor de que usted haya podido morir. Perdone, pero no soy culpable: igual podría haber sucedido si hubiese respondido su carta a la media hora de recibirla. Comprenda que también yo podía estar hoy muerto. Y crea que, si no lo estoy o por lo menos no de la forma habitual, es por una serie inacabable de contingencias de todo punto ajenas a mi propia voluntad. Sea cualquiera su estado, mi muy querido amigo, espero que usted conozca o llegue a conocer el sentido de estas cuartillas, ya antes ya después.

Hace un momento he dejado el sol, o él me ha dejado —ya ve que mi indecisión me obliga de continuo a emplear conjunciones adversativas—, para escribirle. Ahora estoy sentado a una mesa repleta de objetos, que, hace más o menos tiempo, quizá fueron útiles e incluso necesarios, y de los que hoy, sólo movido por una extraña piedad, ya no me atrevo a desprenderme. No le maraville, pues, la apenas descifrable contextura de las letras: sólo me queda, sobre la mesa, un reducido espacio para apoyar el papel, y no entero.

He bajado hasta aquí, le decía, para escribirla. Y eso estoy haciendo, me parece. He buscado aquel libro mío, a que usted, en su carta, hacía referencia. Y justo en la página que contiene el pasaje interesante, he encontrado sus cuartillas, dobladas y un poco amarillentas: diez años para un débil papel no son poca cosa. Para mí no lo han sido.

El párrafo del libro decía así: «Éramos unos treinta. El más gordo de todos coleccionaba platillas de colores. El más delgado, fotografías de Marlene Dietrich. Todos, muy desiguales, pero bastante unidos. El símbolo de esta unión era un grito de guerra. Los enemigos se empavorecerían al oírlo salir de nuestras gargantas. Cualquier batalla a la que fuéramos invitados comenzaba con aquel duro canto y con él concluía. El grito decía así:

«Pepito, Pepito, Pepito,
Pepito Cardenal».

Pepito Cardenal era el más tonto de toda la clase. Su cutis era transparente y un poco violáceo. Toda su cara era pecosa; pero las pecas arreciaban sobre los pómulos de una manera aterradora. Su expresión, si así puede llamarse a un aire entre acobardado e indeciso que le corría por los ojos, era más bien bondadosa, pero absolutamente falta de inteligencia. Y su timidez, tan grande que hubiera sido «capaz de dar la vida antes que la menor señal de su presencia».

Releyendo este párrafo, señor, contemplo la sencillez y decisión con que antes escribía y los motivos por los que he fracasado. Pero acaso usted se congratula de ello, ya que era, sobre todo, por este párrafo por el que usted, hace diez años, me insultaba. Está usted —ya lo creo, señor— en su perfecto derecho al defender su infancia. La pretensión de evitar que sus nietecillos pudieran llegar a burlarse de usted algún día, me parece lógica y hasta plausible. Para conseguirla, niega usted la existencia de aquel pequeño himno de guerra y afirma: «Si es posible que hasta los catorce años tuviese yo cara de buena persona, desde esa edad nunca me lo permitió mi padre; ni yo mismo, de frente hacia un porvenir brillante, me lo hubiese permitido un solo momento.»

Tiene usted razón en cuanto asegura. Pero lo único que tiene usted es razón. Quizá yo esté ya muy cansado para tenerla. Y pienso que cuando escribí ese estúpido libro de «Memorias» estaba aún mucho más cansado que ahora: cansa tanto, amigo mío, mantener la esperanza. Con toda probabilidad, esa fue la causa de que lo escribiera; y no sé si con ello me refiero al cansancio o a la esperanza, que hoy son la misma vaga cosa para mí. Porque mirar atrás, señor, siempre consuela. Pero no debe hacerse. Y menos si se mira hacia la infancia. Es como meter las narices en un nido de golondrinas: no conseguimos nada más que destruir: no vale la pena.

De otro lado, mi memoria es sobradamente delicada como para forzarla demasiado. Es una memoria de convaleciente. Procura moverse poco a poco, poco a poco, pero al menor tropiezo se niega a seguir y lo embarulla todo y lo confunde y acaba por sentarse en el suelo y ponerse a llorar. Excúseme, por tanto.

¿O es que puede decirse que yo recuerdo a un niño con un trajecito blanco y azul, a cuadros, persiguiendo alocadamente a un gran pavo, cuajado de reflejos? ¿Dónde se fue ese niño? Miro, y no está. Yo no lo he visto nunca. Quizá otros sí lo han visto. El tiempo es como el flautista de Hamelín: se nos lleva los niños. Yo no puedo hablar de ése. Podría, sí, hablar de sus hermanos. De uno que se escondía, al reprenderlo, debajo de los sofás. De otro que, a pesar de tener los ojos verdes, murió a una edad excesivamente temprana.

Los libros, ya usted sabe, los forrábamos con el papel azul en que los paquetes de algodón venían envueltos: nuestro padre era médico. Y luego, recién forrados, obligábamos al ama, gorda y guapa y morena —murió del corazón hace muy poco, pero ya no era la misma—, a sentarse sobre una alta pila de libros, para aplastarlos bien y acostumbrarlos a su nuevo ropaje... Y es que un niño no puede querer a nadie que no le haya deshecho los nudos de un zapato...

Pero ¿qué más da ahora todo esto? ¿Es que desayunarse de pie desde los cuatro años cuenta para alguna cosa? ¿O le interesa a alguien saber que, a los tres años, un niño, la espalda contra la pared, deseaba que le sangrasen la frente, las sienes, las mejillas, la boca, porque sus hermanos mayores, para impedir que siguiese removiendo su juego de damas, se habían visto obligados a pegarle? ¿Que deseaba desangrarse y morir, morir, morir, como nunca después, por nada, de mayor, ese niño ha vuelto a desearlo?

Ah, siga usted, señor, defendiendo su infancia. La mía, personalmente, no me interesa. Hay cosas que debemos olvidar: nosotros somos una de ellas. Hasta tal punto lo entiendo yo así, que todos mis libros han sido escritos con seudónimo. Y es probable también que no sea yo, en efecto, quien los haya escrito, sino todas esas cosas de las que me voy por el camino del sol o a las que me dirijo por el del vino. Pero usted defiende su infancia, en el caso de que aún esté vivo. En otro caso, espero que haya empezado a traerle al fresco la opinión de sus nietos, y su escándalo porque usted tuviera cara de idiota a los catorce años de edad. Y si no fuera así, no valdría la pena ni siquiera morirse.

Sin embargo, por si eso le sirve de consuelo, puedo darle mi palabra de honor de que la marcha de guerra de mis «Memorias» no era precisamente a usted a quien aludía, sino a alguien que tiene, aunque no lo parezca, veinte años menos. De todas maneras, mi querido señor, defienda su infancia, si defenderla le compensa, en algún modo, de haberla definitivamente perdido.

Y, vivo o muerto, tenga a bien recibir el testimonio de mi más distinguida consideración.

FIRMADO
José Cardenal

P.S.: Éste es, señor, mi verdadero nombre.

El niño y el perro

por

MANUEL VÁZQUEZ MONTALBÁN

Las ciudades necesitan creer en sí mismas, fue la conclusión a la que llegó la responsable de la oferta cultural de la ciudad de Barcelona con motivo de las Olimpiadas de 1992. La propia geometría de la ciudad se convertiría en oferta cultural, con sus túneles recién abiertos para ganar el más allá vedado por el cinturón de colinas y la domesticación definitiva del litoral mediante la construcción de la Villa Olímpica, la Nueva Icaria, así llamada en homenaje a los socialistas utópicos tan abundantes en aquella zona industrial de Barcelona a fines del siglo XIX. De la antigua Icaria sólo quedaba el nombre de una calle y la memoria de todas las luchas obreras perdidas y el montículo de El Joncal, popularmente llamado Camp de la Bota, donde los franquistas fusilaron todo lo que pudieron fusilar cuando ganaron la cruzada. Sobre aquellos escenarios de utopía y desquite se alzaban ahora bloques de viviendas o arruinadas u obsoletas donde se refugiaban todas las especies de perdedores económicos, a la espera de que las Olimpiadas les acercaran al Paraíso. Y una geografía de fábricas abandonadas, refugios de yonquis y fotógrafos de moda o de arquitectura minimalista tan presente en los logros culturales de la joven democracia.

Las ciudades ya están hechas, advirtió la responsable de la oferta cultural olímpica y sólo queda corregirlas asumiendo todo el patrimonio estético: no me importa que a eso le llamen postmodernismo, añadió la responsable. Es posible, sí, ratificó, que Barcelona después de 1992 sea el muestrario universal más acabado de ciudad postmoderna: ha conservado todas las arqueologías fundamentales, desde los romanos hasta la cultura del SIDA. Tal vez fuera obligación de una responsable cultural aportar la nota lúdica, el collage de saber que siempre implica arqueología, pero los periódicos y los restantes medios de comunicación, aportaban a estas afirmaciones el respaldo de una valoración de la coyuntura que daba la razón a los profetas del relanzamiento económico. La macroeconomía española gozaba de tan buena salud como la macropolítica y el país estaba en condiciones de no perder, una vez más el tren de la cuarta o quinta revolución industrial.

Por aquellos días, el ministro de Industria afirmó que el balance de la reconversión industrial había sido positivo, en términos generales, y que era necesario asumir que el ajuste es un fenómeno permanente. La realidad industrial, aseguró el señor Croissier, se encuentra inmersa en un proceso de transformación que hoy, en este país, es un proceso acelerado. La postura inteligente y progresista no es frenarlo, sino, por el contrario, «aprovechar su empuje para situarnos de lleno entre los países más avanzados». Ni el mensaje olímpico ni el macroeconómico tuvieron cauces para llegar al niño no ya por la vía directa de la lectura —no sabía leer—, sino siquiera por la vía indirecta de la transmisión oral mediante parientes o amigos. Los parientes eran sombras intermitentes; la más constante tal vez, la de la madre, siempre entre dos borracheras o dos amores locos. Su madre era un largo silencio y, a veces, una mirada sorprendida porque él siguiera reapareciendo de tarde en tarde, como reclamando un tiempo y un espacio en su vida de mujer sin noción del espacio ni del tiempo. Los hijos mayores vagaban por los cuatro puntos cardinales del extrarradio de la ciudad y los dos más pequeños se orinaban mansamente en las esquinas del piso, diríase que lamiendo el mismo pedazo de pan que el día anterior o disputándose las tabletas de chocolate que el niño les llevaba de cuando en cuando. Eran unas tabletas conseguidas mediante un pacto con una tendera a la que había atracado con una navaja en la mano. «¿Cuántos años tienes?». «Nueve». «Guárdate la navaja y te daré mil pesetas». Luego llegaron al acuerdo de que pasara de tanto en tanto y siempre le caería algo. «Dinero, no, que te lo gastarás en vicios». Y algún vicio tenía, perpetrado en sótanos abandonados a las aguas y a las ratas o entre las mamparas de antiguas fábricas y almacenes desguazados por las penúltimas epidemias de pobreza. Se pinchaba con la ayuda de *El Supermanitas*, un descuidero de 12 años, que no tenía rival ni competencia en la barriada del Poble Nou, pero el niño no estaba *enganchado*, sino que para él la jeringuilla era un juguete de horas bajas, cuando se sentía demasiado cansado de trotar por las calles de la ciudad desvalijando coches o atracando tiendecillas de poca monta, las más veces, regidas por viejas lentas que no sabían dónde tenían el grito ni los pies cuando veían la punta de la navaja como la prolongación de aquel cuerpo de culebrilla con ojos algo turbios. Un espectador —por ejemplo, los responsables de la oferta cultural olímpica o el señor ministro de Industria o los causantes de que el Banco de España subiera por aquellos días el tipo de interés— habría dicho que el niño tenía un excelente aspecto de mendigo de película neorrealista, pero un tanto disminuido en su belleza cutre por aquellos ojos apagados, mal predispuestos a asumir las partes más estimulantes de la realidad. Será un mero recurso literario concluir diciendo que el niño tenía los ojos desencantados, así en la forma como en el fondo.

Y en este punto coincidía con el perro. Es más, las desgracias del animal se habían iniciado el día en que los hijos de un inspector de seguros, el profesional más emergente de su escalera, aceptaron las críticas de sus padres sobre los ojos del perro. No sólo no era de raza, sino que además tenía un ojo de cada color, y el inspector, cuando se cansaba de contemplar el televisor, inevitablemente se sentía atraído por la mirada del perrillo, cobijado en una esquina del *living*, y no podía reprimir un mohín de fastidio. «No me mires, *Rusky*», le ordenaba en tono airado, y el perro escondía la cabeza entre las patas para no ser visto y al mismo tiempo no verse en la obligación de asumir el desencanto que se generalizaba a su alrededor. Ya no era un cachorro, y a veces sentía la necesidad

—muy de tarde en tarde, eso sí— de orinarse en una esquina de una alfombra pretendidamente turca que recordaba los 20 metros de césped que el inspector cuidaba y recuidaba en su segunda vivienda, cuarta línea del mar en una urbanización con piscina, pista de tenis y club social donde jugar al mus y degustar paellas de verano y *civets* de jabalí en invierno. Por si faltara un motivo para romper el antiguo lazo de afecto entre la familia y el perro, el veterinario cobró 5.000 pesetas por quitarle un quiste sebáceo que le había salido en una pata, y no aseguró que otros quistes no aparecieran. Eso sí, benignos. Ya sólo restó convencer a los niños de que los perros son más felices en libertad que encarcelados en los pisos, y que con lo zalamero que era *Rusky* cuando quería, no tardaría en encontrar dueño. Y así fue liberado en un parque, apenas empujado para que saltara del coche, que partiría veloz nada más *Rusky* iniciara una carrera enloquecida en busca de la naturaleza ofrecida como un insospechado regalo de tarde de mayo. Había sido condición expresa del hijo pequeño que *Rusky* fuera abandonado cuando llegara el buen tiempo, porque era animal de escaso pelo y poca grasa, más bien friolero e incluso algo tímido.

Sobrevivió algún tiempo haciendo de *Snoopy* por las obras del mismo barrio en que lo abandonaron y aprendió a trepar sobre los poderosos cubos de basura de plástico, a derribarlos y seleccionar los escasos bocados que la vecindad dejaba educada en el principio de no desperdiciar la comida y apurar los huesos. Huesos sí había, pero tenía *Rusky* el hígado mal acondicionado para tan residual manjar, contra la sabiduría, evidentemente falsa y malintencionada, de que los huesos son la comida idónea para los perros. Sabiduría, como tantas, urdida por los hombres a lo largo de los siglos para quedarse con la mejor parte de la presa y además teorizar sobre la bondad de las sobras. Mal alimentado, deslucido, en plena crisis de la construcción y cojo por el atropello de un Peugeot 505 Turbo, *Rusky* se convirtió en un perro cansino, descarnado, maloliente y de aspecto ofensivo; un perro que ni siquiera inspiraba compasión entre las personas cansinas, descarnadas, malolientes y de aspecto ofensivo. Al contrario. Tal vez eran las más duras con él, y así, cuando se produjo el encuentro entre el perro y el niño, *Rusky* tuvo la intención de que iba a ser agredido y se adelantó sabedor, por ciencia infusa, de que la mejor defensa es un ataque.

La mordedura quedó sobre la delgada pantorrilla del niño vagabundo como el beso cárdeno de la muerte. *El Supermanitas* le dijo que el perro podía estar rabioso y que había hecho una tontería no cogiéndolo y llevándolo a la perrera para que lo observaran. «Esos perros callejeros tienen muy mal morder y te puedes morir rabiando, que es muy mal morir». De la misma opinión fue su madre, acuciada entre dos ausencias por la demanda angustiada del niño. En cuanto vio la mordedura y supo la causa se puso a aullar como una plañidera premonitoria y convocó a la fantasmal vecindad para que juzgara por sus ojos. «Tienes que encontrar al perro. Vivo o muerto», fue el diagnóstico, y el niño volvió a la calle, esta vez no para ofrecer bolígrafos o pañuelos de papel a los automovilistas atrapados en las redes de los semáforos, ni para tirar del bolso de las viejas o romper con una piedra los cristales laterales de los coches en busca de una radio digital o cualquier otro botín menos emparentado con la cuarta o la quinta revolución industrial. Esta vez buscaba obsesivamente al perro dando voces y referencias, en la confianza de que un perro tan asqueroso era de fácil localización y de difícil olvido. Fue decisiva en este punto la contribución de *El Espumilla*, así llamado porque, hablara o no hablara el muchacho, siempre tenía una puntilla de espuma entre los labios, lo que le hacía perder más de un cliente en cuanto, tras el primer careo de la busca, el amante de ocasión entraba en detalles visuales. *El Espumilla* se pasaba el día recostado contra un farol al que a veces *Rusky* se acercaba para engañarse a sí mismo. No por ganas de mear, sino por fingir que aún era un perro con instinto y autoridad para marcar límites.

Fue *El Espumilla* quien le dijo que *Rusky* acababa de pasar por allí, y a las dos manzanas lo vio olisqueando una bola de papel de plata, por si llevaba en el alma algún resto de alimento desdeñado. Se acercó el niño con cien sigilos, pero no tantos como para que el animal no alzara la cabeza y le mirara con el ojo verde, mientras el azul seguía, mejor o peor, pendiente del posible tesoro. Y aunque el niño puso voz de concordia cuando le llamó y fingimiento de oferta en la mano tendida, *Rusky* retrocedió, y se iba a echar a correr acera arriba cuando vio venir la patada de *El Espumilla*, y para eludirla se metió en un portal que no tenía más salida que la escalera alzada ante su estatura de huesos y pellejos deslucidos. Renqueante, se fue escalera arriba, olisqueando nuevas cotas o volviendo la cabeza para comprobar el pertinaz seguimiento del niño y de *El Espumilla.* Y así hasta que llegó al último rellano y ofreció a sus perseguidores su entrega de animal débil, una desesperada parodia de *Snoopy* que en el pasado le había permitido cosechar algunas ternuras y bocados extras. Con el lomo en el suelo, patas arriba y la cabeza ladeada para ofrecer el cuello, mientras la cola iba de este a oeste, dubitativa del peor de los puntos cardinales, o no vio o no quiso ver la navaja en una mano del niño, mientras con la otra apartaba a *El Espumilla.* «Déjamelo, es cosa mía». Y le clavó dos puñaladas en el cuello, y cuando el perro saltó como si quisiera colgarse de su propio aullido de muerte, otras dos puñaladas le cosieron el cuerpo, y otras dos y cuatro finales que ya sólo sirvieron para facilitar la sangría, mientras la cabeza puntiaguda se movía como la aguja de una brújula y los dientes asomaban fingiendo una ferocidad póstuma.

El niño metió a su presa en una bolsa de basura y la llevó para que la analizaran por si había posibilidad de rabia. *Rusky* tenía una cirrosis galopante, pero no rabia. El niño volvió a sus *calles* y a nuestros *descuidos* y el perro sirvió de alimento a un tigre del zoológico, del que se asegura que, a pesar de haber nacido en cautividad, a veces ruge con acento del Punjab, patria remota de sus ancestros. Sin que la calidad de sus rugidos, ni el exotismo de sus orígenes le hayan concedido estatuto de animal predilecto de los barceloneses, pueblo sobrio e introvertido que ya tiene el corazón ocupado por el amor a un gorila albino, Copito de Nieve, con la sexualidad tan melancólica que ni siquiera ha tenido la voluntad de reproducirse. En cuanto a los otros protagonistas de la Historia, los responsables de la oferta cultural olímpica se plantean la necesidad o no de incluir entre las actividades un Symposium internacional sobre el nuevo concepto de pobreza, a partir de las investigaciones de los economistas norteamericanos al respecto y de los notables trabajos desarrollados en Francia en el mismo sentido por Mr. Bernard Gazier. Si bien los especialistas norteamericanos parten del fatalismo divisor entre ganadores y perdedores por la vía providencialista, Mr. Gazier insiste en una interpretación postmarxista que, sorprendentemente, sólo puede tener soluciones premarxistas. Aunque no haya motivos para ninguna clase de catastrofismo y el señor ministro de Industria en ejercicio, el mismo día en que *Rusky* fue asesinado, declaraba en el Club Siglo XXI que la necesidad de subirnos al tren de la revolución tecnológica era una idea sencilla, pero que debía ser considerada con detenimiento por los agentes sociales. Y por su parte el Banco de España volvió a elevar ayer el precio del dinero que presta a las instituciones financieras, mereciendo críticas encendidas por parte de los empresarios barceloneses empeñados en una política crediticia que les permita hacer frente a los desafíos del crecimiento olímpico. Fundada por Hércules hace dos mil años y consagrada en el mundo en 1992, Barcelona no ha conseguido nunca ser la imagen ideal de ciudad tal como la concibieron los griegos: una mujer en reposo, un jardín, perros, niños.

Menos escrúpulos

por

JAVIER MARÍAS

Estaba tan apurada de dinero que me había presentado a las pruebas para aquella película porno dos días antes y me había quedado atónita al ver cuánta gente aspiraba a uno de esos papeles sin diálogo, o bueno, sólo con exclamaciones. Había ido hasta allí con el ánimo encogido y avergonzado, diciéndome que la niña tenía que comer, que tampoco importaba tanto y que era improbable que esa película la fuera a ver nadie que me conociese, aunque sé que siempre todo el mundo se acaba enterando de todo lo que sucede. Al ver aquellas colas en el chalet, en las escaleras y en la sala de espera (las pruebas, como el rodaje, se hacían en un chalet de tres pisos, por Torpedero Tucumán, por esa zona, no la conozco), me entró miedo a que no me cogieran, cuando hasta aquel momento mi verdadero temor había sido el contrario, y este otro mi esperanza: que no les pareciera lo bastante guapa, o lo bastante opulenta. Esto último era una esperanza vana, he llamado la atención toda mi vida, sin exageraciones, pero la he llamado, no ha servido de gran cosa. «Vaya, tampoco conseguiré este trabajo», pensé al ver a todas aquellas mujeres que lo pretendían. «A menos que la película incluya una escena de orgía masiva y necesiten extras a patadas.» Había muchas chicas de mi edad y más jóvenes, también mayores, señoras con aspecto demasiado hogareño, madres como yo sin duda, pero madres de proles, con cinturas irrecuperables, todas vestidas con faldas un poco cortas y zapatos de tacón y jerseys ajustados, como yo misma, mal maquilladas, en realidad era absurdo. Íbamos a salir desnudas si es que salíamos. Alguna se había traído a los niños, que correteaban arriba y abajo por las escaleras, las demás les hacían monerías cuando pasaban. También había mucha estudiante con vaqueros y camiseta, ellas tendrían padres, qué pensarían sus padres si eran aceptadas y ellos veían la película un día por azar; aunque fuera para comercializar sólo en vídeo luego hacen lo que quieren, acaban pasándolas por las televisiones a las tantas de la madrugada, y un padre con insomnio es capaz de todo. La gente no tiene un duro y hay mucho desocupado: se ponen ante la televisión y ven cualquier cosa para matar el rato o matar el vacío, no se escandalizan de nada, cuando uno no tiene nada todo parece aceptable y los escrúpulos se van de paseo, y al fin y al cabo estas guarrerías no hacen daño, hasta se ven con curiosidad a veces.

Dos tipos salieron de la habitación de arriba en que se estaban realizando las pruebas, más allá de la sala de espera, y al ver la cola se llevaron las manos a la cabeza y decidieron recorrerla lentamente —peldaño a peldaño—, diezmándola. «Tú puedes irte», le decían a una señora. «No eres adecuada, no sirves, no hace falta que esperes», les iban diciendo a las más matronas, también a las jóvenes con aspecto más tímido o pánfilo. A una le pidieron el carnet allí mismo. «No lo llevo», dijo. «Entonces fuera, no queremos líos con menores», dijo el más alto, al que el otro llamó Mir. El más bajo llevaba bigote y parecía más educado o con más miramientos. Dejaron la cola reducida a un cuarto, allí quedamos sólo ocho o nueve y nos fueron pasando. Una de las que me precedió salió al cabo de unos minutos llorando, no supe si porque la rechazaban o porque la habían hecho hacer algo humillante. Pero si una acude a estas cosas ya sabe lo que le espera. A mí no me hicieron nada, sólo lo previsible, me dijeron que me desnudara, por partes primero. Ante una mesa estaban Mir y el bajito y otro con coleta como un triunvirato, luego había un par de técnicos. Hicieron unas tomas de vídeo, me miraron bien, por aquí y por allá, al natural y en pantalla, date la vuelta, normal, un poco de vergüenza claro que pasé, pero casi me entró la risa al ver que tomaban notas en unas fichas, muy serios, como si fueran profesores en un examen oral, santo cielo. «Puedes vestirte», dijeron luego. «Aquí pasado mañana a las diez. Pero ven bien dormida, no nos traigas esas ojeras de sueño.» Lo dijo Mir, y era verdad que tenía ojeras, apenas había pegado ojo pensando en la prueba. Iba ya a salir cuando el tipo de la coleta, al que llamaban Custardoy, me retuvo con la voz un momento. «Oye», dijo, «para que no haya sorpresas ni problemas ni te nos plantes a última hora: la cosa será francés, cubano y polvo, ¿de acuerdo?» Se volvió hacia el alto para confirmar: «Griego no, ¿verdad?» «No, no, con ésta no, que es primeriza», respondió Mir. Intenté hacer memoria rápidamente; había oído esos términos, o los había visto en los anuncios sexuales de los periódicos, quizá había sabido lo que significaban, aproximadamente. «Griego no», habían dicho, así que eso me daba lo mismo. «Francés», creí acordarme. Pero, ¿y «cubano»?

—¿Qué es cubano? —pregunté.

El hombre bajo me miró con reconvención.

—Pero mujer —dijo, y se llevó las manos a los pechos que no tenía. No estuve segura de entender muy bien, pero sólo me atreví a preguntar otra cosa:

—¿Está ya elegido mi compañero? —Me dieron ganas de decir «mi compañero de reparto», pero pensé que podía parecerles una burla.

—Sí, lo conocerás ya pasado mañana. No te preocupes, él tiene experiencia y te llevará muy bien. —Esa fue la expresión que empleó el bajito, como si hablara de un baile antiguo, agarrado, cuando aún tenía sentido decir «Yo llevo».

Ahora estaba de nuevo en la salita de espera, esperando para rodar, esperando con mi compañero, al que acababan de presentarme. Nos habíamos sentado en el sofá un tanto escaso, tanto que él, en seguida, se pasó a un silloncito que hacía juego. El tipo alto y el tipo bajo y el de la coleta y los técnicos estaban rodando con otra pareja, en el cine todo lleva siglos y va con retraso, según tengo entendido, y nos habían dicho que esperásemos y nos fuéramos conociendo. Aquello era absurdo. «No conozco a este hombre de nada y dentro de un rato estaré mamándosela», pensé, y no pude evitar pensarlo con estas palabras. «Qué sentido tiene que nos conozcamos un poco, que hablemos.» Yo casi no me atrevía a mirarlo, lo hacía de reojo, un ataque de pudor de lo más inoportuno. Al presentármelo me habían dicho: «Este es Loren, tu pareja.» Habría preferido que lo hubieran llamado «partenaire», pero ya nadie conoce esta palabra. Tendría unos treinta años, llevaba pantalones y sombrero y botas vaqueras, los actores todos americanizados, aunque sean actores porno. No era nada feo pese a la pinta, un tipo atlético de los que van al gimnasio, con una nariz levemente ganchuda y unos ojos grises, tranquilos y fríos; los labios eran agradables, pero eso quizá no tendría que besárselo, la boca agradable. Él no parecía nada inhibido, tenía las piernas cruzadas como un vaquero y hojeaba un periódico, no me hacía mucho caso. Me había sonreído al ser presentados, tenía los dientes separados, eso lo hacía un poco aniñado de cara. Se había quitado el sombrero entonces, pero luego se lo había puesto, quizá fuera a conservarlo durante las escenas. Llevaba en la muñeca una cinta de cuero o de piel de elefante, ajustada, no lo llamaría una pulsera. Supongo que era moderno, yo me sentí antigua de pronto con mi falda estrecha, mis medias negras y mis tacones, no sé por qué diablos me había puesto los más altos que tengo, quizá no quisieran que me los quitase si se fijaban, a muchos hombres les gusta vernos así, desnudas y con tacones, un poco infantil toda esta imaginería, él cubierto y yo calzada. Me di cuenta de que me estaba bajando un poco la falda, que se me subía demasiado sentada, y eso ya me pareció un disparate. Ni siquiera mi partenaire hacía caso a mis muslos, y hacía bien, al cabo de un rato no habría falda ni nada.

—Oye, perdona —le dije entonces—, tú has trabajado antes en esto, ¿verdad?

Apartó la vista del periódico pero no lo dejó a un lado, como si todavía no estuviera seguro de ir a iniciar una conversación en regla.

—Sí —contestó—, pero no mucho, dos, no, tres veces, desde hace poco. Pero no te preocupes, se olvida uno de la cámara en seguida. Ya me han dicho que eres debutante. —Le agradecí que dijera «debutante» en vez de «primeriza», como Mir, alto y calvo—. Tú no te cortes por nada, lo peor es eso, tú sígueme a mí y disfruta lo que puedas, y de los otros ni caso.

—Ya, eso se dice fácil —respondí—. Espero que tengan paciencia si me pongo nerviosa.

El actor Lorenzo sonrió con sus dientes espaciados. Leía la página de deportes. Parecía muy seguro de sí mismo, porque me dijo:

—Mira, no vas ni a enterarte de que están rodando. Yo me encargo. —Lo dijo con ingenuidad más que con soberbia, no me molestó por eso, aunque sí que no se le ocurriera pensar que no serían los testigos la causa principal de mi nerviosismo probable.

—Bueno —contesté, sin atreverme a ponerlo en duda, quizá intimidada—. Pero habrá interrupciones, ¿no?, para las diferentes tomas y eso, ¿no? ¿Y qué pasa entonces? ¿Qué se hace en medio?

—Nada, te pones una bata si quieres y te tomas una coca-cola. No te preocupes —repitió—. Hay cosas peores. Y si necesitas, seguro que tienen rayas.

—¿Ah, sí, hay cosas peores? —dije yo ahora un poco irritada por su despreocupación excesiva—. Pues será que yo no las conozco todavía; anda, dime una. —Él dejó por fin el periódico a un lado, y yo me apresuré a añadir—: Oye, que quede claro que no lo digo por ti, ¿eh? No me refiero a ti, ya me entiendes, ¿no? Esto por el dinero, pero no me digas que no es un trago. Bueno, no sé tú, pero yo, pues no.

Loren hizo caso omiso de mis puntualizaciones para no herirlo y se quedó con mis anteriores frases. Me miró con su expresión sosegada pero con una leve exaltación ahora, como si lo hubiera provocado y fuera alguien sin capacidad para eso, para sentirse provocado. Tenía los ojos grises también algo separados, los dos muy distantes de su nariz ganchuda, que parecía tirar de los labios hacia arriba, esa clase de fosas nasales que parecen siempre resfriadas.

—Te voy a decir una cosa peor —dijo—. Lo que yo hacía antes era mucho peor. No es que pretenda montarme en esto para siempre, pero vale para ir tirando hasta que surja otra cosa, y no sabes la maravilla que es al lado de lo que hacía antes.

—¿Y qué hacías antes? ¿Te lanzaban cuchillos en el circo?

No sé por qué le dije eso. Supongo que sonó ofensivo, como si el actor Lorenzo tuviera que provenir necesariamente del campo más arrastrado del espectáculo. Al fin y al cabo yo estaba ahora en lo mismo que él, y simplemente había perdido mi empleo hacía ya dos años y tenía un ex-marido desaparecido, missing, y la niña conmigo. A lo mejor él tenía también una niña. Y además, ya no hay espectáculos de ese tipo, es una cosa anticuada, ni siquiera hay casi circo.

—No, tía lista —dijo él, pero sin reproche y sin intentar devolvérmela, no sé si porque tenía aguante o porque no habría sabido. Me lo dijo como lo dicen los niños en el colegio—: No, tía lista. Era tutor.

—¿Tutor? ¿Cómo tutor? ¿Tutor de qué? —Era la última palabra que me habría esperado oír en sus labios. Lo miré muy de frente ahora, un tutor, parecía salido de un spaghetti western.

Él se tocó el ala del sombrero con desazón, como colocándoselo.

—Bueno, quiero decir que tenía a alguien bajo mi tutela, bajo mi protección. Como un guardaespaldas, pero distinto.

—Ah, bueno, guardaespaldas, ya —dije con resabio y como rebajándolo de categoría—. ¿Y qué, eso era tan malo? ¿Te tuviste que interponer muchas veces entre tu jefe y las balas o qué? —No tenía motivo para estar borde con él, pero me salían las impertinencias, quizá me iba poniendo enferma la idea de tener que ir a mamársela sin preámbulos dentro de un rato. Involuntariamente le miré el paquete, en seguida aparté la vista. Volví a pensar eso con ese verbo, la edad nos va haciendo groseros, o nos importa menos serlo, o es la pobreza: cuanto menos hay, menos escrúpulos.

—No, no era guardaespaldas de esos —dijo él sin resentirse de mis sarcasmos, con seriedad y sin doblez y con transparencia—. Tenía que vigilar a una persona que estaba mal, para evitar que se hiciese daño, es muy difícil evitar eso. Tienes que estar las veinticuatro horas encima, todo el rato alerta, y nunca puedes evitarlo del todo.

—¿Quién era? ¿Qué le pasaba?

Loren se quitó el sombrero y se puso a acariciar la copa con el antebrazo derecho, como hacen los vaqueros de las películas. Quizá fue un gesto de respeto. Empezaba a clarearle el pelo.

—Era la hija de un tío rico, multimillonario, no te imaginas, un empresario. Habrás oído el nombre, pero mejor me lo callo. La hija estaba zumbada, una histérica con tendencias suicidas, cada poco lo intentaba. Podía llevar una vida aparentemente normal durante semanas y luego, de pronto, sin previo aviso, se cortaba las venas en la bañera. No querían internarla porque eso es muy duro y además se acaba enterando todo cristo, de los intentos de suicidio sólo unos pocos, los que estábamos cerca. Así que me contrataron para que se lo impidiera, sí, como un guardaespaldas pero no para protegerla de otros, como es lo corriente, sino de sí misma. Sus amigos me tomaban por uno convencional, pero no lo era.

—Ya —dije—. Y eso era peor. ¿Qué edad tenía? ¿Por qué no le ponían mejor un enfermero?

Loren se pasó el revés de la mano por la barbilla, a contrapelo, como si descubriera de pronto que no estaba bien afeitado. Iba a tener que besarme por todas partes. Pero parecía bien afeitado, estuve tentada de pasarle yo la mano, no me atreví, podría haberlo tomado por una caricia.

—Porque un enfermero canta más, por lo mismo, qué hace una tía todo el día con un enfermero detrás. Que tuviera guardaespaldas se entendía, el padre superforrado. Ella podía llevar su vida normal, ya te digo, iba a la Universidad, veinte años, iba a sus fiestas y a sus pijerías, y al psiquiatra, claro, pero no es que anduviera todo el día deprimida y eso, no. De repente le daba un ataque y el ataque era siempre suicida, y era imprevisible cuándo. Ni un objeto punzante en su habitación, ni tijeras ni cortaplumas ni nada, ni cinturones con los que poder ahorcarse, nada de pastillas a su alrededor, ni aspirinas; hasta los zapatos de tacón, su madre cuidaba de que no fueran muy agudos desde que una vez se había rajado un pómulo con uno de ellos, le tuvieron que dar cirugía plástica, no se le notaba. Los que tú llevas no se los habrían permitido, menuda arma. En eso la tenían como a los presos, ni un objeto peligroso. El padre estuvo a punto de quitarle también las gafas de sol cuando vio *El padrino III*, allí hay uno al que matan con unas gafas, con la parte más cortante de la patilla, la hostia, al tío lo habían registrado de arriba a abajo y va y degüella al otro con eso. ¿Has visto *El padrino III*?

—Creo que no, vi la primera.

—Si quieres te la dejo en vídeo —dijo Loren amistosamente.

—No tengo vídeo. Sigue —contesté yo, temiendo que en cualquier momento se abriera la puerta y aparecieran la cara alta de Mir o la huesuda de Custardoy o el bigote bajo para hacernos pasar a rodar nuestras escenas. No podríamos hablar durante ellas, o no de la misma forma.

—Pues eso, había que estar todo el día encima y dormir con un ojo abierto, yo en la habitación de al lado, la mía y la suya comunicadas por una puerta de la que yo tenía la llave, sabes, como en los hoteles a veces. Pero claro, hay infinitas maneras de hacerse daño, si alguien está de verdad dispuesto a matarse acabará consiguiéndolo siempre, lo mismo que un asesino, si alguien se quiere cargar a alguien acabará cargándoselo por mucha protección que tenga, aunque sea el Presidente del Gobierno, aunque sea el Rey, si alguien se empeña en matar y no le importan las consecuencias, acaba matando a quien quiere, no hay nada que hacer, lo tiene todo de su parte si no le importa lo que le pase luego. La princesa de pronto se tiraba de cabeza por las escaleras mecánicas de El Corte Inglés y la recogíamos con la frente abierta y las piernas en carne viva, y hubo suerte. O se precipitaba contra una cristalera, contra un escaparate en plena calle, tú no sabes lo que es eso, toda llena de cortes y con cientos de cristalitos clavados, una locura. Tampoco se la podía encerrar, así no se habría curado. Me acostumbré a ver peligros por todas partes, en lo más inofensivo veía una amenaza, mi imaginación tenía que anticiparse a la suya, agarrarla de un brazo cada vez que íbamos a cruzar una calle, procurar que no se acercara a ninguna ventana alta, en las piscinas extremar el cuidado, apartarla de un obrero que pasara llevando una barra, era capaz de intentar ensartarse con ella, o así me acostumbré a pensar, que podía hacer cualquier cosa. Una vez intentó arrojarse a las patas de los caballos en plena recta final, en el hipódromo, tuve suerte de agarrarla del tobillo cuando iba ya corriendo hacia la pista, se aprovechó de que yo estaba ocupado con las apuestas. Aquello era mucho peor que esto, te lo aseguro, una tensión tremenda, una angustia, sobre todo desde que me la tiré, me la tiré dos veces: la puerta, la llave, las noches siempre medio despierto y sobresaltado, comprendes, era un poco inevitable. Además, mientras yo estaba así con ella no había peligro, no podía pasarle nada conmigo encima, conmigo encima estaba a salvo. Pero claro, te tiras a una tía un par de veces y le coges afecto. Vamos, no mucho, yo tengo mi novia, no por fuerza, pero ya es otra cosa, la has tocado, la has besado y ya no la ves igual, y ella se pone cariñosa contigo. —Me pregunté si me pondría cariñosa con él tras la sesión que nos esperaba. No le interrumpí.— Así que además de la tensión del trabajo, tenía también preocupación, bueno, pánico, no quería que le pasara nada, por nada del mundo quería que le pasara nada. Total, una ganga, y al lado de aquello esto es jauja.

«Ganga» y «jauja», cada vez se oyen menos esas palabras.

—Ya —dije—. Y qué pasó, te hartaste —pregunté sin esperanza de que fuera a contestarme afirmativamente. En realidad ya me había contado lo que había pasado, por la manera de contar el resto.

Loren se puso el sombrero de nuevo y aspiró con fuerza por sus fosas nasales que parecían humedecidas. El ala del sombrero le tapó la mirada gris y fría, su cara era ahora nariz y labios, unos labios agradables.

—No, me quedé sin empleo. Fallé, la princesa se cortó el cuello en la cocina de su casa hace tres semanas, en mitad de la noche, y yo ni siquiera la oí salir de la habitación. Un desastre. —Por un instante me asaltó la duda de si el actor Lorenzo no estaba actuando, para distraerme. Pensé un momento en la niña, la había dejado con una vecina. Él se puso en pie y dijo malhumorado—: Bueno, a ver si empezamos de una puta vez, yo no tengo todo el día.

Nueva lección sobre el avestruz

por

BERNARDO ATXAGA

«Sequitur natura avium quarum grandissimi et paene bestiarum generis struthocameli Africi vel Aethiopici altitudinem equitis insidentis equo excedunt, celeritatem vincunt, ad hoc demum datis pinnis, ut currentem adiuvent. Cetero non sunt volucres nec a terra tolluntur ungulae eis cervinis similes, quibus dimicant, bisulcae et comprehendendis lapidibus utiles, quos in fuga contra sequentes ingerunt pedibus. Concoquendi sine dilectu devorata mira natura sed non minus stoliditas in tanta reliqui corporis altitudine, cum colla frutice occultaverint, latere sese existemantium».

(Plinio, «Naturalis Historia»)

Plinio murió hace ya veinte siglos, y, sin embargo, a pesar del mucho tiempo transcurrido, sus consideraciones sobre el avestruz siguen teniendo vigencia: que el avestruz es un ave —dice Plinio—, y la mayor de las conocidas, ya que alcanza fácilmente la altura de un jinete montado a caballo. Y que sus patas y pezuñas son como las de un ciervo, valiéndose de ellas para arrojar piedras al enemigo que le persigue. Y que resulta asombrosa y maravillosa la capacidad que tiene para engullir cualquier cosa, sea piedra, papel, hierba o hierro. Y que es un ave de lo más estúpido, que su estupidez es por lo menos tan grande como su cuerpo, es decir, una estupidez que alcanza fácilmente la altura de un jinete montado a caballo. Y que no es capaz de volar, y que pone huevos y los oculta bajo tierra...

Detengámonos ahora en esa costumbre de ocultar los huevos bajo tierra, pues, como han señalado muchos estudiosos, se trata de una cuestión muy notable. Veamos, por ejemplo, lo que al respecto dicen el *Bestiari català* escrito hace unos cuantos siglos, o un poema antiguo de Richard de Fournival.

El «Bestiari català»:

«...e com fa sos ous, si.ls pon en la arena, e garda vers lo çel e té sment a una stela qui s'apella Virgo, qui appar de març e d'abril, e com ell ha vista aquella stela, sí lexa star los ous e no y torna fins que los sturç són nats; e por lo poder de Déu lo sol scalfa aquells ous tan fins que los sturç són nats.»

El poema de Richard de Fournival:

«Así le sucede al huevo del Avestruz. Porque
este pájaro es de tal naturaleza que deja su huevo
en la arena y ya no vuelve a prestarle atención.
Pero el sol, que es fuente universal de calor,
le calienta y le alimenta en la arena. Así llega
a la vida, sin que precise ser empollado de otra manera.
Así digo de mí, que soy el huevo que nadie
ha empollado, y ha faltado muy poco para que me echase
a perder. Pero una cierta alegría me sostiene
y es como mi sol. Éste es un consuelo común
a todos los hombres, y cada uno tiene
la parte que Dios le ha dado.»

Así pues, resumiendo lo dicho hasta ahora y destacando lo más importante sobre los huevos de avestruz, podríamos decir lo siguiente:

UNO. — Que antes de poner sus huevos, el avestruz mira al cielo para asegurarse de que la estrella denominada Virgo o Virgilio está allí.

DOS. — Que esa estrella denominada Virgo o Virgilio anuncia la proximidad del verano y del calor.

TRES. — Que si ve esa estrella, el avestruz pone sus huevos.

CUATRO. — Que si no ve esa estrella, el avestruz no pone huevo alguno.

CINCO. — Que el avestruz no pone sus huevos en cualquier sitio, sino bajo la tierra o bajo la arena.

SEIS. — Que el sol calienta la tierra o la arena, empollando así los huevos y ahorrando ese trabajo al avestruz.

Por un lado, esas costumbres del avestruz son sin duda admirables, pero por otro lado, y si se me permite una vulgaridad, no dejan de ser una mierda. Porque imaginemos qué difícil le ha de resultar a una mujer africana, a una mujer cuya familia está pasando hambre, dar con esos huevos ocultos bajo tierra... ¡con todo su valor energético! Porque no hay que olvidar que un huevo de avestruz es veinte veces más grande que un huevo de gallina, y que su valor energético guarda la misma proporción. Naturalmente, hay veces en que —gracias a un golpe de viento que dispersa la arena y los deja al descubierto— esa mujer africana sí logra encontrar un buen montón de huevos de avestruz; un buen montón, digo, pues no olvidemos que los avestruces andan siempre en grupo y hacen unas puestas colectivas enormes, de tal modo que allí donde hay un huevo suele haber por lo menos otros cuarenta o cincuenta más. Pues bien: para esa mujer africana cuya familia está pasando hambre, encontrar ese tesoro supone una alegría tremenda, y no es raro que ante su hallazgo sufra incluso un ataque de hipo y que en lugar de exclamar *qué alegría!*, exclame *qué ale-ale-alegría!*

Sin embargo, una mujer africana pocas veces tiene la oportunidad de sentir esa alegría, y ello por el motivo expuesto anteriormente y por otros que aún no he mencionado.

El motivo expuesto anteriormente, ya lo conocéis: que el avestruz oculta sus huevos.

Los que todavía estaban por mencionar, son estos dos:

UNO. — Que para encontrar una cosa enterrada bajo tierra hace falta tener mucha suerte, y que —al igual que la mayoría de los pobres de este mundo— las mujeres africanas jamás gozan de tal suerte.

DOS. — Que para que una mujer africana que está pasando hambre pueda dar con un huevo de avestruz, es imprescindible, en primer lugar, que en la zona de África donde vive haya avestruces. Y en esas zonas —Somalia, Mozambique, Etiopía— ya no quedan avestruces.

—¿Por qué ya no hay avestruces? —pregunté hace unos meses a un economista que trabaja en Somalia. Se llama Pedro Wainer y trabaja para las Naciones Unidas, en el programa que pretende ayudar al Tercer Mundo.

—Porque se los han comido todos —me respondió.

—¿Todos todos? —le dije asombrado.

—Quizás no todos todos. Quizá quede alguno que todavía no han capturado.

Me quedé pensando en lo que Pedro Wainer me había dicho y, de pronto, vi un avestruz en ese lugar que hay detrás de los ojos y que llamamos Imaginación, vi el único avestruz que queda en Somalia, y luego enseguida vi sus muslos asándose poquito a poco y dorándose, y aquellos muslos eran como los de pollo, sólo que veinte veces más grandes, y además rezumaban una manteca cuyas exquisitas gotas producían chisporroteos al caer sobre el fuego. Y enseguida, se esfumó aquella imagen y ocupó su lugar otra, similar pero coloreada de rojo: era el mismo muslo de avestruz, pero preparado en salsa de tomate, y en el tomate aparecían aquí y allá unas torres diminutas que sin duda alguna eran champiñones. Pero también aquella segunda imagen se disipó, y en su lugar apareció una casa llamada Betani, y pensé: *¿Me habré librado del muslo de avestruz?* —pues en esa casa de Betani estaba la panadería de mi pueblo natal, y en las panaderías lo normal es que haya panes, no muslos de avestruz.

Entonces vi a Mariatxo, la hermana del panadero, y Mariatxo me llevó hasta la sala donde tenían el horno. Miré por la abertura del horno y he ahí que, una vez más, veo el muslo de avestruz. Pero ahora, más que dorado parecía miniado en oro, y en vez de salsa de tomate, llevaba una reluciente corona negra confeccionada con ciruelas pasas. No había hecho más que sentir el vaho caliente del horno, cuando me pareció que dos de las ciruelas pasas estaban en una cara. Y resultó ser así: delante no tenía horno alguno, no tenía un muslo de avestruz preparado según una receta francesa, sino la cara de un hombre negro, todo piel y huesos; piel, huesos y dos ojos como ciruelas pasas. Detrás de él se extendía una llanura agrietada y sin hierba: África, o más exactamente, Somalia.

Sin que nadie me lo dijera, supe cómo se llamaba aquel hombre: Ibrahim Ali Kismayu. Me pareció que decía algo, entre dientes, como balbuceando. Agucé el oído, y pude oír lo que con voz abatida decía aquel hombre. Decía: *n di yere ke bobo di, n di yere ke fiyento di, n di yere ke naloma di, ja ko n di yere ke tulogeren di...* Era inútil, no podía entenderle, África está demasiado lejos para nosotros. Entonces, recordando todas las cosas que había visto en mi imaginación, escribí este poema: *Soomaaliya.*

SOOMAALIYA

El lunes, Ibrahim Ali Kismayu
comió un puñado de arroz.
¡Y qué alegría! ¡Qué alegría!
¡Qué alegría más grande!

El martes, Ibrahim Ali Kismayu
comió unas hortigas hervidas.
¡Y qué alegría! ¡Qué alegría!
¡Qué alegría más grande!

El miércoles, Ibrahim Ali Kismayu
comió una lagartija asada.
¡Y qué alegría! ¡Qué alegría!
¡Qué alegría más grande!

El jueves, Ibrahim Ali Kismayu
comió nueve moscas y dos avispas.
¡Y qué alegría! ¡Qué alegría!
¡Qué alegría más grande!

El viernes, Ibrahim Ali Kismayu
encontró un hormiguero.
¡Y qué alegría! ¡Qué alegría!
¡Qué alegría más grande!

El sábado, Ibrahim Ali Kismayu
comió un papel que decía *Help Somalia Now.*
¡Y qué alegría! ¡Qué alegría!
¡Qué alegría más grande!

El domingo, Ibrahim Ali Kismayu
vio desde su ventana un avestruz.
¡Y qué aa, qué aale alelele alelelele
le lele qué ale qué alegría más grande!

¿Atraparía al avestruz Ibrahim Ali Kismayu? ¿Comería sus huevos —en el caso de que fuera hembra— durante los meses siguientes? ¿Comería —en el caso de que fuera macho— sus buenas piezas de muslo? No lo sabemos. Y es que el avestruz no es presa fácil. Y no sólo por lo que decía Plinio, *ungulae eis cervinis similes, quibus dimicant, bisulcae et comprehendendis lapidibus utiles, quos in fuga contra sequentes ingerunt pedibus*... o sea, no sólo porque arroja piedras contra los que le persiguen, sino también por su velocidad. Porque resulta que un avestruz puede correr a sesenta kilómetros por hora. No, el avestruz no es presa fácil. Si lo fuera, el avestruz no hubiera durado tanto sobre la faz de la tierra, en la que, dicho sea de paso, lleva sus buenos 7 millones de años. Y además —si fuera presa fácil, como digo— los bosquimanos no le habrían dedicado un canto de caza tan hermoso como éste:

CANTO BOSQUIMANO A LA CAZA DEL AVESTRUZ

Tú, con el vientre lleno de piedras,
y las pezuñas grandes,
que con las plumas dices tsam-tsam,
que comes el corazón de los melones,
dame una de tus plumas.

Avestruz, que te levantas y vuelas,
con el cuello largo y las pezuñas grandes,
con el estómago lleno de piedras, gran ave,
avestruz macho con el pico largo,
que vuelas y corres, gran ave
dame una de tus plumas grises.

Avestruz, con el costado polvoriento,
gran ave que corres aquí y allá batiendo tus plumas,
vientre que dice khou-khou,
avestruz macho que corres y caminas,
dame una de las plumas de tu cola.

Avestruz macho, que alzas la cabeza,
vientre que dice khari-khari,
avestruz... sólo tus tripas no se pueden comer,
¡Dame un hueso de tus plumas, avestruz!

El, que tiene dos huesos que dicen hui-hui,
avestruz macho, que tienes la médula suculenta,
que con la cara dices gou-gou...
¡Ojalá pueda poseerte, avestruz mío!

Los cazadores lo quieren, los cazadores le requieren con cantos, pero ese pájaro que con la cara dice gou-gou se da a la fuga a una velocidad de 60 kilómetros por hora. Después, cuando obtiene la suficiente distancia, se inclina y arrima a la tierra ese cuerpo suyo tan grande, tan grande y tan difícil de ocultar, y luego encuentra un agujero e introduce en él la cabeza. De esa manera, pasa desapercibido; de esa manera, tal como escribió Oteiza, busca una solución fuera de la muerte. Porque, claro está, el avestruz no es un Rambo, y no se parece en nada al toro. Escribe Oteiza:

«El bisonte —el toro—, torpe y primario animal, sin capacidad espiritual para reconocer o confesar el miedo existencial, muere sin descubrir antes la muerte. ¿Quién ha dicho que el avestruz es torpe porque esconde la cabeza ante el supremo peligro? Tiene miedo y por esto encuentra solución, pero solución única, espiritual, fuera de la muerte. Maravilloso y calumniado, metafísico animal, que crea su propio cromlech. Tiene alas y no puede volar, como el hombre.»

¿Quién ha dicho que el avestruz es torpe? La respuesta es: muchos lo han dicho. Y no sólo porque esconde la cabeza y de esa manera se aleja mucho de Rambo y de otros modelos que admiramos, sino también debido a su aspecto. Efectivamente, el avestruz es un animal feo, feísimo. Si sus muslos no fueran tan evidentes las cosas podrían ser distintas. Pero así y todo... Aunque tuviese los muslos envueltos en seda, ¿qué se puede hacer con esa cabeza suya donde no asoma casi pelo alguno? Recordemos el testimonio de Séneca:

«En el Senado vimos a Fidio Cornelio llorando. Al parecer —cuenta Séneca— Corbulion le había dicho que su cabeza era calva como la de un avestruz...»

Cierto es que los senadores de ahora no lloran por esas nimiedades, y por ello quizás os resulte difícil calibrar las palabras de Séneca; pero lo que está claro es que el avestruz dista mucho del aspecto y de las medidas de una Claudia Schiffer. Porque, esa es otra... las medidas del avestruz: treinta, ciento ochenta, ciento diez —treinta de cabeza, ciento ochenta de pecho y ciento diez de caderas. Es evidente: la cabeza es demasiado pequeña para un cuerpo tan grande; no hay armonía entre la cabeza y el cuerpo. Es lo que, por otra parte nos dice la etimología... en efecto, *avestruz* es una palabra compuesta de *ave* y el antiguo término *estruz,* tomado éste del occitano *estrutz,* procedente a su vez del latín *struthio. Struthio,* que no es sino un apócope de la palabra griega *struthiokamelos.* ¿Y qué es *kamelos*? Pues ese animal que aparece en los paquetes de tabaco Camel. ¿Y *struthio*? El pájaro más común, el gorrión. Así pues, ahí lo tenemos: avestruz igual a camello más gorrión. Un híbrido monstruoso, realmente.

Hubo un poeta vasco, Lizardi, que escribió un poema sobre los gorriones de París. El poema terminaba con estos versos:

«Gorrión parisino: ¿en qué se distingue de ti el gorrión de mi país? Los dos sois de color pardo, y ninguno de los dos sabéis francés. Con igual desahogo sois inquilinos, aquél de los viejos campanarios, tú de las insignes Tullerías. Seguro estoy de que si lo trajera aquí aquél volaría contigo sin encogerse. En cambio, ¡mirad al hombre! ¡Qué desmañado pájaro en su perpetuo afán de cosmopolitismo! Sale de su casa y ya está perdido. En resumen: que viéndome en París tan extraño, me quejé al cielo expresándole cuánto más me alegrara de ser gorrión, que no hombre.»

Alegrarse de ser gorrión sí. Pero, ¿alegrarse de ser avestruz? No, en absoluto. Nadie quiere ser avestruz. Oteiza dirá lo que quiera, pero —bien por su cobardía, bien por su fealdad— lo cierto es que el avestruz no tiene hoy prestigio alguno. No sale en las películas como todos esos forzudos; no sale en las revistas como las modelos; y por si eso fuera poco, tampoco sale en ninguna fábula. El zorro, el lobo, el perro, el gato, el ratón, el león, el tigre, el águila, la serpiente, el conejo, la paloma, la tortuga, el erizo... todos ellos y mil más aparecen en las fábulas, pero no así el avestruz. Podía haber sido presentado como un Cyrano del mundo animal, pero también ese honor le fue arrebatado: más exactamente, se lo arrebató un pato, el famoso *patito feo.* Ahora se erigen monumentos al pato; en los parques de muchas ciudades pueden verse patos de bronce o de piedra con una leyenda que dice: «El más feo resultó ser el más hermoso.» Un insulto para el avestruz. Nos lo presentan como un pato negro y total que al final es un cisne. Una bajeza. ¿Qué diría la persona más cabezona y fea de Euskadi si fuera a Kortezubi —a una de esas competiciones de feos tan famosas— y alguien le arrebatara el primer puesto, un alguien que luego, tras quitarse la máscara y demás, resultara ser Claudia Schiffer? Pues así es como se sienten los avestruces con respecto al patito feo. Además, la debilidad llama a la debilidad, y la gente no perdona al avestruz el carecer de las cualidades debidas, y le culpa de cualquier mal. Hace poco leí estas palabras en un anuncio colocado en la puerta de mi casa:

«S.O.S. Angola está en guerra. No escondas la cabeza como el avestruz. Nuestros hermanos no tienen medicinas ni alimentos. Alimentos que no se estropean y las medicinas que tienes arrinconadas las puedes entregar en la Parroquia del Sagrado Corazón. La solidaridad es un nuevo nombre de la justicia.»

O sea, que además de feo y cobarde, es también egoísta y —si recordáis lo que decía Plinio, *sed non minus stoliditas in tanta reliqui corporis altitudine*—... un animal de lo más estúpido. Así las cosas, no es de extrañar que los avestruces hayan desaparecido de los zoológicos. Hoy en día no hay avestruces en los zoológicos. Verdad es que en el zoológico de La Habana queda uno, el que suministra plumas a las bailarinas del Tropicana, pero si alguien no lo remedia, es decir, si alguien no soluciona la situación económica que ahora sufre la isla, sus días están contados.

Pero, cuidado, nada de compasión. El avestruz es un ave salvaje, y tal como Lawrence escribió:

> Jamás he visto un ser salvaje
> que sienta compasión de sí mismo.
> Un pajarillo caerá de su rama muerto de frío
> sin sentir compasión de sí mismo jamás.

Viendo que los avestruces estaban a punto de desaparecer, hace un año compré en Londres un pequeño avestruz. Es de bronce, y alcanza una altura de cinco centímetros sobre el nivel del suelo; en este caso sobre el nivel de la mesa, ya que siempre lo tengo sobre mi mesa de trabajo a modo de talismán. Algunas veces cojo mi pequeño avestruz en la mano y —como hicieran otros con el diablo de la botella o la garra del mono— le formulo un deseo, le pido que me conceda un buen poema o una buena idea. Pero por ahora, sólo me ha concedido una imagen: la de la carretera comarcal número nueve de Guipúzcoa, la misma que pasa por mi pueblo natal. Y me pongo a mirar a esa carretera y veo un niño que montado en una bicicleta roja pedalea a todo pedalear, y ese niño soy yo, soy yo con nueve años, y vuelvo a casa después de pasar toda la tarde en la escuela de Zizurkil, y es invierno, y es de noche, está lloviendo, y pedaleando sin parar adelanto a los obreros que vienen de la fábrica Sacem, porque los obreros, que van en grupo y envueltos en capotes de lona negra, pedalean con desgana; y luego adelanto a dos chicas, que también pedalean con desgana con el cuello bien abrigado y charlando entre sí; y luego, a la luz de mi farol, veo a un hombre solo que camina sin paraguas bajo la lluvia. Me dispongo a adelantar a ese hombre, pero he ahí que me llama y me dice:

—¿Quieres que te lea mi poema?

—¿Eres castellano? —le pregunto yo.

—Me llamo Leopoldo María Panero. ¿Quieres que te lea el poema? —me dice él de nuevo.

Al ver mi gesto afirmativo, saca del bolsillo un papel mojado, y a continuación enciende un mechero con el que alumbra las líneas de su poema Peter Punk:

Peter Punk es el amor y Campanilla su princesa
en el cielo están buscando el secreto de la nada
todos los Niños Extraviados.
Peter Punk es el amor y Campanilla su princesa
Garfio busca en vano el secreto de su mano
y Campanilla llora al pie del Árbol Extraviado
adónde las sirenas y adónde los enanos
Peter Punk intenta en vano su amor explicar,
en una playa desierta Campanilla lo dejó.

Termina el poema y los dos guardamos silencio por un momento, y luego el hombre sin paraguas sigue su camino a pie y yo sigo mi camino en bicicleta, y de nuevo adelanto a los obreros de Sacem, y también a las dos chicas, y pedaleando con fuerza me voy acercando a mi pueblo natal, ahí están las luces de Panaderi, y las de Altzarte, y las de Ibarrazpi, y las de Ihartzane, y yo entro con mi bicicleta en la calle mayor y sin pararme la atravieso hasta llegar a Betani, la panadería, porque desde que empecé a ir a la escuela de Zizurkil todos los días recibo como premio un bollo de leche. Cuando bajo de la bicicleta veo a Mariatxo, la hermana del panadero, que está atendiendo a unos viajantes.

—Coge tú mismo el bollo de leche —me dice Mariatxo—. Abre la puertecilla del horno y coge el que quieras.

Obedezco a Mariatxo, pero cuando miro por la abertura del horno, no encuentro allí ni un solo bollo de leche, sino el muslo de un avestruz, más que dorado miniado en oro, y con una reluciente corona confeccionada con ciruelas pasas. Pero, cuidado, las ciruelas pasas no relucen tanto, al menos dos de ellas parecen más bien opacas, vidriosas... y es que en realidad no son dos ciruelas, sino dos ojos muertos: los ojos de Ibrahim Ali Kismayu, que murió de hambre por no haber podido dar caza al avestruz que un domingo vio desde su ventana.

Y se acabó la lección.

La muerte del hermano

por

RAY LORIGA

Veo a los niños. Los niños boxeadores. Han vuelto. No los recuerdo, los veo. La memoria es un músico que toca de oídas. No me gusta escuchar las canciones de la memoria. Engañan, esconden, no dicen nada, se lo han dejado todo por el camino. A los niños boxeadores no los recuerdo, los veo. Como a los otros niños, los que juegan al fútbol en la playa. A lo mejor son los mismos niños, no lo sé. A lo mejor algunos niños son boxeadores y futbolistas, todos desde luego no. Los cuerpos de los niños boxeadores son delgados y fuertes y negros, con el abdomen negro muy marcado y muy brillante. Desde donde estamos sentados se ve el ring y también, por el hueco de la escalera, el sótano, donde hacen sombra y calientan los músculos antes de salir a pelear. Están todos ahí, cada uno a lo suyo, no hablan, no se dicen nada entre ellos. No se odian. No se miran. Saben que en realidad no hay enemigo. Que uno pelea solo. Siempre.

No hay nada que hacer después de la muerte del hermano. Ya está todo dicho. Ya está todo hecho. No se da ni un solo paso cuando se termina el suelo bajo los pies. No tiene sentido. No hay donde ir. Ni un paso más. Entonces se da la vuelta y se sigue andando hasta el siguiente vacío.

Las primeras muertes, de niño, no las vi. No pude verlas. Vi el agujero en el suelo, y las caras de los vivos delante de la muerte, perdidas del todo o desplomadas sobre sus zapatos negros. Oí el ruido de la muerte, el ruido de los motores de los coches de la muerte. Pero no supe nada de la muerte hasta mucho después, hasta la muerte del hermano. Ahora pienso que la muerte es siempre la muerte del hermano. Si no no hay muerte. Sólo se escucha la voz del hermano y por eso mismo sólo se siente el silencio del hermano. Lo demás es ruido o falta de ruido. Lo demás son coches negros en fila, andando juntos hacia ningún sitio. Por eso los niños se sienten cómodos en la armonía de los entierros, porque sus hermanos no van a morir todavía. Veo la elegancia de mi primer entierro y no veo nada más. Sólo la elegancia de los movimientos, de las palabras, la elegancia de todos los gestos repetidos un millón de veces. Sólo eso.

Ya no sé dónde estábamos. Aunque sólo había dos bares en los que sirvieran alcohol en todo el pueblo. En uno de los dos. En el que estaba delante del mar, creo. Nos sentábamos a pasar allí las tardes, entre los musulmanes renegados que bebían con cara de estar degollando gatos. Orgullosos de su bajeza moral. Nosotros bebíamos más tranquilos, como los extranjeros, ajenos a sus prohibiciones, sujetos a las nuestras que son otras. También había niños en el bar frente a la playa. Siempre los hay en Marruecos. Por todas partes. Te engañan, te marean, se ríen de ti. También te puedes reír con ellos. De ellos no, es imposible, son demasiado rápidos. Cuando tú estás cortando leña ellos ya han apagado el fuego. No hay nada que hacer. Creo que estábamos juntos, aunque puede ser que estuviera solo, no hay manera de saberlo. Estábamos tan juntos que pasábamos por uno la mayor parte del tiempo. No sé si eso era bueno, en realidad pienso que no era bueno en absoluto. Ahora somos dos otra vez. Más que nunca. Tampoco puedo decir a dónde nos llevará esto.

En la playa, desde el bar, vi que la muerte de un hermano era la muerte de cualquier hermano y por lo tanto la muerte de todos.

Me di cuenta mirando a todos esos niños iguales. Los niños futbolistas, algunos muy buenos, con buen regate, rápidos, con dos piernas para tirar a puerta y no sólo una como tenía yo y como teníamos casi todos los niños con los que yo jugaba. Con un toque de balón asombroso, tocando y controlando con los pies descalzos y el balón mojado por el agua del mar. Tocando de cabeza también, con verdadera clase. Todos distintos, pero vistos desde lejos, borracho, mientras se hacía de noche, todos iguales.

Nunca le he escrito a nadie una carta. A lo mejor esa es una de las cosas que echo de menos. Aparte de no haber sido futbolista profesional. Lloré en el homenaje a Juanito. Tenía un regate mortal. Me gustaría haberle escrito una carta. A Juanito le cayó una viga encima volviendo a Málaga de un partido, Real Madrid-Torino. Después de eso ya no leyó más, ni mis cartas, ni las cartas de nadie, ni nada. Por otro lado, no creo que antes de eso leyera mucho.

Una vez conocí a alguien que escribía cartas larguísimas y las mandaba a cualquiera. Elegía una dirección cualquiera y mandaba sus cartas. Nunca ponía remite. No le gustaba leer cartas, le gustaba escribirlas. Como esa gente a la que le gusta contar sus sueños pero no soporta escuchar los sueños de los demás. En realidad creo que todos somos esa gente.

Los niños del sur de Marruecos quieren ser boxeadores o futbolistas. Yo también. No recuerdo el día que dejé de pensar seriamente en ser boxeador. Supongo que fue el mismo día que dejé de divertirme en los entierros.

Hay que mentir siempre. Acerca de lo que sea. No hay pregunta que no merezca una mentira. Todas las preguntas son peligrosas. La mentira es la verdad individual en contra de la verdad colectiva. La mentira es la voluntad y también la falta de responsabilidad sobre esa voluntad. Se puede enterrar una mentira con otra mentira y a ésa con otra más. Sólo la muerte puede acabar con todas las mentiras.

Los niños son los que mejor mienten, están tan lejos de la

muerte que ni la ven venir. Los suicidas van dejando de mentir hasta que se pegan un tiro en la cabeza. Curt Kobain dejó de mentir, perdió toda su habilidad para la mentira y después de eso no tuvo más remedio que volarse los sesos.

La mentira es el respeto por uno mismo por encima del respeto por los demás. La mentira es mía, la verdad, no.

Una vez estuve sentado sobre la tumba de Vincent y Theo van Gogh en Auvers-sur-Oise y no creo que haya en el mundo, en la historia del mundo dos personas más muertas, dos hermanos más muertos que ellos dos. También vi los campos de trigo donde Vincent se agujereó el corazón. Unos campos de trigo inmensos. Nada más que trigo por todas partes. Al otro lado del pueblo está el río. Verde, hermoso, con árboles que llegan hasta el agua, amable, francés. La pensión en la que vivía Vincent está más cerca del agua que del trigo. Nada es accidental. El incendio, cuando está, se lleva dentro.

No se boxea sin esperanza. Nunca. Eso, sencillamente, no existe. Los que están en contra del boxeo están en contra de la esperanza. Están en contra de los niños, de los niños del sur de Marruecos y de todos los niños. Los boxeadores sólo tienen sus mentiras, la verdad los tumba.

Los niños no se van nunca, están siempre dentro. El daño de los niños también. Los niños que han sobrevivido al horror temen tener hijos. Le tienen miedo a ese daño, a que sea inevitable. Nunca causarán el daño, pero no están seguros de poder evitarlo. No hay crimen comparable a dañar a un niño. Matar a un hombre es más justo que herir a un niño. Los niños del horror perdonan para seguir viviendo pero nunca olvidan. Su memoria no es ni siquiera rencor, normalmente, es sólo tristeza.

Un niño golpeado es un hombre golpeado. Un niño violado es un hombre violado. Eso es lo más difícil, lo más injusto. Ya nunca sueñas con un futuro mejor, sino con un pasado distinto.

Siempre es igual cuando hablo de los niños. Encima de la tumba de quien sea, sólo veo a los niños. No sé si algún día conseguiré librarme de ellos. No sé si quiero. No sé si hay algo más. Los niños son siempre los hermanos y nunca los hijos. Por eso las madres están todas locas. Encima de la tumba de los hermanos Van Gogh vi dos niños agujereados por un mismo disparo. Para un niño sólo existen las muertes de los niños. Los hombres son los que tienen que morir. Su muerte se acepta, casi ni se ve. La muerte de los niños es imposible. No hay por qué aceptarla, no existe. Luego, con los años, todas las muertes que importan son muertes de niño, muertes de hermano.

La muerte de mi madre será una muerte de hermano y la muerte de mi padre también y hasta la muerte de mis hijos. Todo lo demás no es muerte. No es nada.

Las mujeres aman a los hombres y en los hombres a menudo ven los niños, sin embargo rara vez son capaces de ver en los hijos, los hombres. Por eso se vuelven locas. Pero eso es otra historia.

Aunque viva dos millones de años siempre veré a los boxeadores de Marruecos, pequeños, negros, ágiles, limpios, solos. Los giros de cintura, las esquivas, los ganchos, los yabs, la guardia francesa, el equilibrio, el miedo. Los boxeadores antes de salir al ring están luchando, mucho más incluso de lo que lucharán después. La pelea va sola, no depende del boxeador totalmente, a veces incluso se traga al boxeador. El estado natural del púgil es la soledad. Su razón de ser. Se pelea solo. Siempre. No hay otra pelea.

Se gana solo. Se pierde solo. El otro no importa.

Todos los hombres están solos o no son nada.

Manos

por

JOSÉ ÁNGEL MAÑAS

Mis manos son preciosas. Y no es porque lo diga sólo yo. Lo dice todo el mundo: hasta la chica que me hace la manicura, que ha visto muchísimas manos. O sea que no es pura vanidad: tengo unas manos preciosas. Me encanta verlas corretear por el teclado del piano: es como si tuvieran vida propia. ¡Son tan bonitas! Para enseñarlas procuro llevar las chaquetas un poco cortas, y siempre que me quedo en camisa, doblo cuidadosamente las mangas. También fumo mucho, que es otro modo de lucirlas. ¡Míralas! ¡Pero míralas! Tienes que admitir que son perfectas. Blancas, sin nada de vello, los huesos delicados. A ver ahora las tuyas. Enséñalas, anda. Ay, qué horror: tienes manos de mecánico. ¡Y qué uñas tan feas! Si es que eres un bestia, no les prestas nada de atención. Tienes que cuidarlas más y hacerte la manicura de vez en cuando, chico. [...] ¿Por qué lo preguntas? Yo me dedico a esto durante el día y a la música durante la noche [...] ¡Claro que soy músico! ¿No has visto mis dedos? Son dedos de pianista. Pero, vamos a ver, ¿te la leo o no? [...] Ya sé que es caro, pero tengo que ganarme la vida, corazón. Además, los del Tarot no me dejan bajar el precio, sería competencia desleal. [...] Vaya por Dios, ahí llega ese cuarteto de música clásica que se pone aquí todos los domingos. Siempre están desafinando. A veces me dan ganas de regalarles un afinador electrónico y decirles: mirad aquí, con la agujita en el centro, un La de cuatrocientas cuarenta pulsaciones. [...] No te rías, que es verdad. Son malísimos. Pero, eso sí, son muy téc-ni-cos. Hay días que me tapo los oídos con algodoncitos y me acerco para verles mover las manos, ¡es algo tan hermoso! [...] Sí, claro. Se paga por anticipado, corazón. [...] Muy bien, vamos con ello. Tienes una mano útil con dedos en forma de espátula —feísimos, por cierto—. Eres una persona práctica y trabajadora. En fin, que no eres un Einstein, cariño. Tienes una línea de la vida muy marcada —vivirás muchos añitos— y la línea del amor es prometedora —tendrás dos grandes amores, te casarás, tendrás un hijo y [...] No, yo no tengo hijos. Tampoco tengo hermanos y mis padres murieron hace tiempo. Pero tengo amigos. Está Gina, que es cantante. Juntos, hacemos muy buena pareja. Ella pone la imagen y yo la música. Gina tiene unas manos muy hermosas. Aunque no tanto como las mías, claro. Si quieres que te hagan la manicura, ella es la mejor. Es divina. [...] Uy, perdona, ya ves que se me ha pegado su manera de hablar. Ahora que me fijo: ¿qué te ha pasado en el pelo? [...] Bueno, más vale ser calvo que tener cáncer, por ejemplo. Digo yo, ¿no? [...] Uy, uy, eres un chico peligroso. Tienes un pulgar muy cortito. A este pulgar se le llama el pulgar asesino porque... ¿¡Pero qué haces!? ¡AYY, AYY, AYYY! ¡SUÉLTAME LA MANO! ¡AYYY! ¡MIS DEDOS! ¡SOCORRO! ¡SOCORRO! ¡SOCORRO!

¡ÉSE! ¡EL CALVO QUE SE VA CORRIENDO! ¡ÉSE ES! ¡ME HA RETORCIDO LOS DEDOS! ¡ME HA ROTO EL MEÑIQUE! ¡LLAMAD A UNA AMBULANCIA! ¡POR FAVOR! ¡QUE ME VOY A DESMAYAR!

¿Dónde estoy? Oh, mi mano: ¡me la han escayolado! [...] No me digas que me calme. Lloro si me da la gana, ¿te enteras? ¿Es que no te das cuenta? Es mi mano. ¡MI MANO! [...] Vale, vale. Me tranquilizo, me tran-qui-li-zo. Lo siento, ha sido la angustia [...] ¿Tanto me ha durado el desmayo? No puede ser. Tengo que hablar con el doctor. Es muy importante, ¿es que no lo entiendes? No, ya veo que no. Eres un poquito lela, ¿verdad, niña? [...] Ah, ¿sí? Pues ¿sabes lo que te digo? [...] Oye, no te pases, ¿eh? Sé perfectamente cómo soy, tengo espejos en mi casa. [...] Mira, o llamas a un médico ahora mismo, o me pongo a gritar [...] ¿Qué no? Ya verás: ¡DOCTOR! ¡DOCTOR! ¡DOCTOR! ¡NO ME PIENSO CALLAR HASTA QUE VENGA EL DOCTOR! ¡¡¡DOCTOOOOOOR!!!

Me alegro de que haya venido. Las enfermeras casi me rompen la otra mano intentando hacerme callar. Sé que me he puesto nervioso pero es que [...] ¿Cuánto tiempo voy a tener que estar así? [...] ¡Un mes! Eso es imposible. Soy pianista y tengo que actuar esta noche. No puedo estar un mes sin trabajar. Me voy a morir de hambre. [...] Eso no le incumbe. Tuve un accidente, un accidente de coche, pero no quiero recordarlo. No tenía dinero para pagarme la cirugía estética, ¿le parece razón suficiente? [...] No, no tengo seguridad social. [...] Pues claro que no puedo. [...] ¿De dónde quiere que saque el dinero? Y ahora, quítese de en medio, que tengo que irme. Por favor, quítese de en medio, que no quiero. [...] ¡Se lo advertí!

Uff, menos mal que he conseguido escapar de aquel sitio. El médico al que le metí el dedo en el ojo era majo, pero las enfermeras, antipatiquísimas todas, unas brujas. Oh, mi mano, mi mano. ¡Qué tragedia!

Gina, ¡mira lo que me ha pasado! ¿Has visto? Ha sido un hijo de puta, un hijo de puta, un hijo de puta. Lo tenía que haber sabido en cuanto vi su pulgar. El médico me ha dicho que tardaré un mes en poderme quitar la escayola. Pero, para entonces, ¡habré perdido toda mi agilidad! ¿Qué voy a hacer ahora, Gina? ¿Qué puedo hacer? Mis manos eran lo único que me quedaba. Mírame bien: mira este cuerpo y mira este rostro. Yo no soy nadie sin mis manos. Cojeo, tengo los huesos llenos de remiendos y la cara hecha una pena. ¿En qué voy a trabajar? ¿Cómo voy a pagar el alquiler? [...] No, yo no sé cantar, y tú lo sabes. [...] Gina, déjame tu pistola. Déjamela, por favor. Gina, por favor. Sólo por si viene ese tío otra vez. ¡Por favor!

Y ahora, ¿qué? No, no voy a ir a ver a Gina. Que le acompañe otro. No quiero ir porque me preguntarán por qué no toco. Y todo el mundo se fijará en mi mano. No quiero que nadie me vea así. Nadie.

¿Quién es? No, no y no. No quiero salir y no voy a abrirte. No soy idiota y, sí, me siento ridículo, gracias por recordármelo. Yo así no salgo, ya te lo he dicho, Gina. Si de verdad eres mi amiga, déjame solo. No pienso salir de esta habitación. No pienso salir de esta habitación. No pienso salir de esta habitación. No pienso salir de esta habitación. NO PIENSO SALIR DE ESTA HABITACIÓN.

Odio ese chirriar de la cama, lo odio. Tengo en mi mano buena la pistola de Gina. Qué miedo. Me siento solo. Todo está a oscuras. Sólo se oye esa maldita cama. Gina puede putear, tiene un cuerpo bonito. Yo, ¿qué tengo? No tengo nada, no soy nada. No he tenido suerte en la vida. Mi cara es una grotesca caricatura de lo que he sido. Porque yo era bien parecido antes de aquel accidente. ¿Por qué me tuvo que pasar a mí? ¿Por qué? Es horrible.

Gina sigue trabajando. Desde aquí se oye todo: ahora baja por las escaleras. Se va a la calle. Ella es la única que me anima a seguir viviendo. Le doy pena. Por eso se acuesta conmigo de vez en cuando. Tengo que comer algo porque me estoy deprimiendo. Mierda, la nevera está vacía.

Ahí vuelve Gina. La oigo subir con alguien. Ella tendrá comida.

¡Coño!, baja un vecino. Voy a meterme otra vez en casa, no quiero que me vea.

Ya está, vamos arriba. Cómo me cuesta subir por las escaleras con esta maldita pierna. No tengo desperdicio, estoy jodido entero.

¡Gina, ábreme!

No me oye. Será mejor que espere a que termine.

Gina abre la puerta y sonríe. Yo me pongo nervioso, no me lo puedo creer. ¿Sabéis quién está sentado en la cama, poniéndose los pantalones? Es el hijo de puta que me ha roto el dedo. Voy a tener que dejar de quejarme. No tengo tan mala suerte como creía. El calvo se ha puesto pálido al verme sacar la pistola. Sabe que le voy a matar, el muy cerdo. Gina se asusta, es demasiado buena. ¡No lo hagas!, grita. El cabrón del calvo se ha puesto de rodillas y me suplica que no le mate. Gordo asqueroso.

Gina se abalanza sobre mí, pero es demasiado tarde.

Pum, adiós cerdo.

La pistola me ha estallado en la mano. El calvo sale corriendo de la habitación. Gina me abraza y llora. Dice que me va a llevar al hospital. La mano me duele mucho, pero no quiero mirar. También es mala pata que sea la buena.

Vamos, sí. Vamos al hospital... Yo también te quiero, Gina.

La pequeña Yoko

por

MANUEL RIVAS

El padre había perdido su trabajo. Iban para otra ciudad. Fue el miércoles la última vez que el padre dejó de fumar. Cogió la cajetilla de Lucky, la tiró al cubo de la basura y luego escupió encima. Ahora era domingo y, mientras sostenía el volante con una mano, el pitillo de la boca buscaba tembloroso y ansioso la brasa eléctrica del mechero del coche.

En la radio se escuchaban los comentarios deportivos. El padre estaba preocupado por la suerte de un equipo y se puso a mover con inquietud el dial. La madre también estaba preocupada por una corazonada: todos los otros coches venían en dirección contraria, lanzando destellos de advertencia en la ceniza gris de la carretera. En su lado, asegurada con la pinza de los pies, llevaba una maceta con una azalea. En el asiento trasero, abrazado a la Yoko, el niño miraba con angustia la evasión del día en la pantalla del automóvil, los rescoldos del sol en el vídeo indolente del horizonte. También él tenía un problema. Si no apuraban, si esa maldita ciudad no aparecía pronto, perdería el capítulo de *Hell's Kingdon*.

El niño adoraba a Baby Devil, el pequeño satán protagonista

de la serie. Era capaz de dibujarlo calcado y de memoria, con trazos muy rápidos. Lo hacía en cualquier papel que tuviera a mano, con tiza sobre el pavimento o con un palo sobre la arena de la playa. En la escuela que ahora dejaba atrás, habían organizado un concurso de postales navideñas y él retrató a Baby Devil sobre el portal de Belén, sosteniendo una estrellita en el tridente. No le dieron el premio pero él ya sabía distinguir lo que era éxito de lo que no era. Todo el mundo habló de su postal.

—¿Sería capaz de dibujar algo que no fuera ese Baby Devil? —preguntó la profesora.

Gracias a Baby Devil el niño había conseguido que dejaran de insultarlo como Bola de Sebo. Dibujó un bebé dinosaurio con los ojos redondos y tiernos.

—Me gusta. Es bonito —dijo la profesora—. ¿Me lo regalas?

Ella no lo supo nunca pero aquella menuda criatura que sonreía entre flores gigantes era también Baby Devil, porque entre los poderes del héroe estaban desde luego el de ser invisible o transformarse en cualquier otro ser. Para ser exactos, Baby Devil comía almas como quien lame un helado Camy Jet o zampa una chocolatina Kit Kat o traga una bolsa de Pop Corn Star. No tenía que molestarse demasiado en deshacerse de sus enemigos. En el peor momento, cuando estaban a punto de asfixiarlo con la trenza mortal de la Princesa Gélida o de desintegrarlo con el lanzador del rayo de la nada del Caballero Vacío, el pequeño Satán soltaba por los ojos sus proyectiles de lagrimeo, del tamaño de una bala de la vieja Browning 22 que su padre llevaba bajo el sobaco, y neutralizaba los mandos sentimentales de los agresores, luego introducía una depresión en su *software* y finalmente les comía el alma. Esa era una parte especialmente emocionante del programa, pues cada alma tenía una forma sorprendente y un sabor exquisito, por perversos y repugnantes que fueran sus antiguos dueños. Por ejemplo, la de la Princesa Gélida era un pez de almendra y la del Caballero Vacío era una hoja de limonero frita en manteca de cisne. Como todos los héroes, Baby Devil quería llegar a alguna parte y ese reino misterioso era para él la confitería donde se fabricaban las almas, pero después de cada aventura, con el deseo multiplicado por el efímero deleite, debía volver con su envejecido padre, aquel hornero que no conseguía calentar los pies y que arrastraba un mortificante secreto. Él sabía dónde se encontraba la Suministradora Real de Almas pero no quería descubrir el camino al hijo por miedo a perderlo para siempre.

—Ganó —dijo el padre con alegría, palmeando en el volante—. Ganó el Tirnanorg. Allí vamos nosotros.

—¿Por qué salimos tan tarde? —dijo la madre—. Siempre salimos tarde.

—¿Seguro que se ven todas las cadenas? —preguntó con impaciencia el niño. Le había dicho ya muchas veces que sí.

—Mañana tendremos que buscar una escuela —respondió la madre con un suspiro.

La noche esperó emboscada a que pasaran la gasolinera. Después, el niño la vio enmascarada con un paño rojo, con las piernas colgando en el remolque de un tractor. La noche movió acompasadamente los pies como el péndulo de un reloj artesano y durmió al chaval, que quedó acurrucado en el asiento trasero, con la Yoko abrazada en el regazo.

Lo despertó el silencio con un soplo de aire fresco sobre los párpados y acariciando fríamente las manos regordetas. Sudaba todo el resto del cuerpo, pues estaba vestido sobre la cama, con una manta por encima y el chaquetón del padre a los pies. En el cielo de la habitación desconocida había una escalera de luz que nacía en la persiana entreabierta. Fue siguiendo los escalones con los ojos hasta que decidió levantarse e ir hacia la ventana. Reconoció el coche familiar al lado de la farola, con aquella cicatriz en el capó. En la valla próxima había un gran anuncio con un hombre con casco de minero y la cara tiznada con grandes letras que decían «¿Qué no daría yo ahora por una Paddy?» Esa era la cerveza que le gustaba a su padre. Abrió la puerta y fue tanteando por el pasillo hasta acostumbrar los ojos. Encendió la luz y vio que estaba la cocina, desnuda de cosas y fría, como si el espíritu de la nevera, abierta y vacía, deambulara vagaroso por la casa, posando su aliento en el brillo pálido de los azulejos y del aluminio. Lo único vivo, de una vida tan radiante como perpleja, era la planta de la azalea dejada sobre la mesa.

Otra puerta que abrió era la del cuarto de baño y nada había que no fuera ya visto, aquella desolación nocturna de tanatorio abandonado al sonido sordo de la cisterna, un murmullo, una vieja canción que enlazaba todas las viviendas, todas las ciudades conocidas, en la memoria del niño, como si hubiese en la noche un larguísimo pasadizo subterráneo que comunicara aquel gorgojeo ronco de arrabal en arrabal, allá por donde ellos fuesen. Aquel manantial ciego lo atrajo para mear y el niño, al levantar la tapa del retrete, encontró, flotando en el agua como una vieja culpa, inútil ocultación devuelta siempre por el sumidero, la colilla del cigarrillo del padre y las hebras deshilachadas del tabaco.

Encontró luego la habitación de ellos. Quedó en la puerta, sin encender la luz, mirando el único bulto de los padres en la cama, sintiéndoles respirar a un tiempo, en creciente intensidad. Notó los pies fríos sobre la baldosa y tuvo la impresión de que por el pasillo venía, en forma de corriente violácea y con sucios dientes amarillos, el fantasma de la nevera. Estuvo a punto de correr hacia aquel lecho. Siempre que los veía así, abrazados, le entraba el deseo de deslizarse entre ellos. Pero arrimó despacio la puerta y se fue al lugar que faltaba.

El niño recorrió con la mirada las familiares bolsas del equipaje, tumbadas de bruces en el suelo como gruesos y somnolientos animales de compañía envejecidos mudanza a mudanza. Allí, al lado de ellas, protegida como un perrito, estaba la Yoko, con su liso lomo de gris metalizado. Buscó un enchufe y movió el mando para sintonizar las cadenas. ¿Qué hora sería? En la pantallita de la televisión portátil se sucedió una persecución automovilística, un arrecife de coral poblado de peces de colores, una película en blanco y negro en la que un hombre amenazaba a otro: «Llévatela de aquí si no quieres que te la quite», y una carta de ajuste con música de gaita. Baby Devil, pensó el niño, estará con su padre, dormido en su regazo, mientras él intenta inútilmente mantener calientes los pies y cura su nostalgia, como la mariposa nocturna, mirando al corazón de las llamas.

Estaban cara a cara. La pequeña Yoko lamía de luz el rostro del niño, chispeaba en sus ojos, pero él notaba en la nuca el aliento frío del espíritu de la nevera. Sintió pasos. Enmarcada en la puerta apareció la figura del padre, gigante esta vez, grande como nunca le había visto.

—¿Sabes qué hora es? —le gritó con enfado.

—No puedo dormir —tardó en responder el niño.

El padre se acercó lentamente y acabó inclinado a su lado. El hijo seguía con los ojos clavados en la Yoko.

—¿No puedes dormir?

—No. Desperté y no puedo dormir.

El padre posó la mano en la cabeza del niño y las llamas de la Yoko flamearon en la piel.

—¿Quieres venir a nuestra cama? —preguntó en voz baja.

—Sí —dijo el niño, expresando ese deseo con el tono de un antiguo reproche.

—¿Sabes cuántos años tienes? —dijo ahora el padre a la defensiva.

El niño no respondió. Parecía fascinado por algo que sucedía en la pantalla. El diablo canoso de rostro flaco mal afeitado acariciaba a Baby Devil con sus dedos huesudos y teñidos de nicotina. Luego, apagaba la Yoko, alzaba al niño en brazos y le besaba con su hocico de púas.

Noche de Reyes
por
ROSA MONTERO

El zumbido era una lanza clavándose sañudamente en su cerebro en carne viva. Braceó a tientas, aún medio dormido, en un torpe pero determinado empeño de destrozar el despertador. Un ruido confuso de objetos caídos le hizo comprender que había errado su objetivo. Lo intentó otra vez: era como nadar fatigosamente contra el asfixiante embozo de la cama. Ahora escuchó un tintineo de cristales rotos, pero el zumbido continuaba. Abrió un ojo y sus neuronas aullaron bajo el ataque de la luz. Lentamente, heroicamente, Pedro giró la cabeza. Su cerebro, a estas alturas definitivamente licuado, se estrelló como un maremoto contra sus sienes. La mesilla, normalmente atestada, se encontraba insólitamente despejada gracias a sus manotazos. Y en medio de la inmensa planicie berreaba con malignidad el despertador. Alzó el brazo con el mismo esfuerzo sobrehumano con que el agonizante, en su aliento postrero, señala acusadoramente a aquel que ha sido su asesino; y después dejó caer el puño pesadamente sobre el maldito chisme. El reloj crujió, patinó y quedó barriga arriba, como una alimaña reventada. Callado al fin el muy canalla. Cielos.

Veamos, ¿era verano, era invierno? ¿Era lunes o domingo? ¿El despertador zumbaba por puro sadismo o quizá avisaba de algún quehacer concreto? ¿Y qué demonios podría ser, en ese caso, ese enigmático quehacer? ¿Quién era él, en suma, además de un residuo de carne dolorida? Durante unos instantes Pedro se esforzó en pescar la información en el tembloroso mar de su cerebro. Sí, claro, ya se iba acordando. Él era economista. Y había una oficina. Él trabajaba. La condena de su empleo cayó sobre él como una losa. Además era invierno. Jornada laborable. Era exactamente el 5 de enero. Mañana, día de Reyes, sería fiesta. Pero hoy tenía que acudir a la oficina. Se ovilló en la cama, sobrecogido. Imposible. No se sentía con fuerzas para hacerlo. Los moribundos no trabajan, y era obvio que él se encontraba medio muerto. La noche anterior. La noche anterior había bebido mucho. Recordaba el barullo, borroso el rostro de las gentes, las copas vacías. ¿Por qué se pasó la noche sosteniendo copas siempre vacías en la mano? Una fiesta. Eso es. Lola había dado una fiesta en su apartamento. Pedro se veía llegando a la casa, pero no saliendo. Y en el tránsito neblinoso que unía ambos momentos había pasado algo. Algo quizá tremendo. Pedro no lo recordaba, pero en su olvido latía un dolor, una vergüenza, un deseo de no saber. Perfectamente, entonces: no quería saberlo en absoluto. Empujó su desazón a las profundidades de la desmemoria más total. Se encontraba demasiado enfermo como para luchar con los recuerdos.

Se sentó en la cama, y en el encierro de su cráneo se desencadenó una vez más un ceremoto. Sintió náuseas. Contempló con ojos rencorosos el despertador. Las agujas marcaban las once. ¡Las once! ¿Cómo era posible? Sin duda lo había puesto mal la noche anterior, esa noche de brumas tan densas. Verificó la hora con su reloj de pulsera. Sí, no cabía duda, eran las once. Y la humanidad, es decir, sus compañeros de trabajo, llevaban ya más de 120 minutos de laboriosísima existencia. Está bien, pensó, es el destino. Hoy no apareceré por la oficina. Y, enardecido por ese regalo de los hados, Pedro apoyó airosamente los pies en el suelo y se clavó un cristal en el talón.

Bufó y blasfemó un buen rato mientras se extraía la esquirla y ponía las sábanas perdidas de sangre. El suelo estaba cubierto de astillas de vidrio, sin duda los residuos de un cenicero que él mismo acababa de tirar en su pelea contra el reloj. Subió cautelosamente ambas piernas al barco seguro de la cama y observó con desaliento el mundo hostil que le rodeaba: un apartamento de soltero de dimensiones tan microscópicas que parecía mentira que cupiera en él tanto mal gusto. Las paredes estaban llenas de lamparones, quizá las huellas de las lágrimas de los antiguos ocupantes, y la fealdad de los muebles era tan insultante que parecía premeditada, como si los hubieran escogido así para forzar a los inquilinos a la fuga. Era el típico agujero urbano para aves de paso. Pero Pedro llevaba ya más de un año aquí. Desde que se separó de su mujer.

Suspiró, rebuscó entre los restos del cenicero y encontró una colilla de dimensiones aún aprovechables. La encendió, aspirando profundamente. Sus pulmones gimieron y se aplastaron contra el estómago. Sintió náuseas. Revisó mentalmente su estado general: las sienes le martilleaban, su boca era un horno requemado habitado por una lengua de bayeta, el talón le pinchaba, en sus bronquios soplaba el simún del desierto, el estómago le bailaba una polca, sentía como si un enano estuviera pisándole los ojos, y los sesos le chapoteaban por ahí dentro. O sea, lo normal. Encendió la segunda colilla y empezó a recuperar la confianza. Qué caramba, era la víspera de Reyes. De niño, ésa era la noche del año que más le gustaba. Se ducharía, se vestiría y saldría a desayunar un buen café con leche con roscón. Se tomaría el día para sí, una jornada feliz, plácida y serena. Pero lo primero era llamar a la oficina. Marcó resueltamente el número directo de su división y esperó a que su segunda de a bordo contestase. Pero no descolgó Lola, sino Concha. «¿Y Lola?», preguntó él. «¡Naturalmente no ha venido!», respondió la mujer con voz helada. ¿Naturalmente? ¿Por la fiesta de la víspera? ¿Porque se acostó muy tarde? Pero el tono reprobador de Concha despertaba ecos inquietantes en su memoria, encendía diminutas candelas entre las tinieblas del olvido. Pedro se apresuró a apagar las luces del recuerdo y explicó que no podía ir a trabajar porque había sufrido un cólico nefrítico; era una excusa que ya había utilizado otras tres veces, pero a fin de cuentas ésa era la idiosincrasia de los cólicos, el repetirse. «Pues Camacho ha preguntado dos veces por ti», añadió la mujer con malevolencia. Camacho, su jefe inmediato. Que en los últimos tiempos se estaba poniendo de lo más impertinente y puntilloso, como si todo lo que él hiciera le molestase. «Pues lo siento, pero estoy enfermo. Intentaré curarme para pasado mañana», contestó Pedro, procurando imprimir en su voz la justa y sobria indignación que le embargaba. Y colgó. Joder, no le dejan a uno ni padecer un cólico nefrítico.

El mostrador del bar en el que entró rebosaba roscones de Reyes en diversos estados de consunción, y ese paisaje de bollos relucientes y frutas confitadas había evocado en Pedro el sabor de tiempos cálidos y añejos. Pero en el momento de pedir se dio cuenta de que en realidad no le apetecía tomar café con leche. Tenía sed, y tras algunas dudas decidió beberse una cerveza. Claro que pedir roscón con cerveza resultaba un poco raro, así es que optó por prescindir también del bollo. Se había tomado tres cañas y unos pinchos de anchoas con aceitunas; había conversado amenamente con un vecino de barra sobre la ambición sin tino de las mujeres, siempre exigiendo costosísimos regalos en estas fechas, y había salido del bar, en fin, lo bastante tonificado en alma y cuerpo. No había cumplido su primer propósito de un desayuno tradicional, pero ahora se compraría los periódicos y se pondría a leerlos placenteramente en algún café antiguo y tranquilo. Así es que comenzó a caminar en busca de un quiosco bajo el frío sol de invierno.

Fue una casualidad. Fue una asombrosa coincidencia el que su pasear plácido y sin rumbo le llevara a un puerto conocido. Súbitamente, Pedro se descubrió frente al portal de su antigua casa. Diez años antes, cuando apenas si contaba 23, él y Ana habían atravesado ese portal por vez primera. Cogidos de la mano, como niños que se aventuran, tímidamente, en el bosque de la vida. Esa manita de Ana, tan dócil, tan tibia y diminuta, una mano inocente que aún no había aprendido a arrojarle ceniceros de vidrio a la cabeza. Aunque, afortunadamente, nunca llegó a controlar bien su puntería. Eso fue una suerte, después de todo.

No habían tenido hijos. En eso también fueron afortunados. Así, cuando se separaron, pudieron hacerlo limpiamente, quirúrgicamente, sin que quedara nada entre ellos, aparte de nueve años de vida en común y un reguero de ilusiones destripadas. O sea, una bagatela, pura filfa. Por eso, porque no quedaba nada, Pedro y Ana no habían conservado ningún tipo de contacto. Hacía muchos meses que no se habían visto, que ni siquiera se habían hablado por teléfono. Bien mirado, eso también era una tontería. Había que normalizar la situación, aunque no pudieran ser amigos. Ya que el azar le había guiado hasta su casa, Pedro podría subir un momento a ver si su ex mujer estaba. Sólo para saludarla brevemente, con una amabilidad fría y correcta. Para normalizar la situación. O, incluso, podría invitarla a comer. Hace un día precioso, le diría, vámonos a almorzar. Quién sabe, a lo mejor podían volver a ser amigos, después de todo. Sí, la invitaría a comer; podrían ir al Ruano, ese restaurante que le gustaba tanto a Ana. Almorzarían, opíparamente y a los postres tomarían roscón de Reyes, y Ana, claro está, se pondría nerviosa como una niña, tan ansiosa de que le tocara la sorpresa que haría trampas y hundiría prospectivamente el dedo en todo el bollo. Como antes.

Y todo era verdaderamente como antes: el portal con plantas de plástico, los buzones metálicos, incluso la frase que alguien había grabado a punta de navaja en las paredes del ascensor: «Paquita es mía». Sólo que ahora Pedro no tenía llave de su casa. Llamó al timbre. Ana abrió. Vestida con un jersei y unos pantalones que Pedro no conocía, y frunciendo la boca en una expresión de pasmo que conocía sobradamente. «Hola», dijo él. Y sonrió. Ella no. «¿No me invitas a entrar? Pasaba por aquí. Felices Reyes». Se encaminó decididamente hacia la sala, y Ana le siguió. Los muebles se veían distintos. ¡Ana había cambiado los muebles de *su* casa! El sofá estaba ahora arrimado a la pared de enfrente, y había una mesa nueva. Y no veía *su* butaca. ¡Su butaca preferida no estaba! Pedro apretó las mandíbulas. Bueno, ¿y qué? Era lógico. ¿A él qué le importaba que Ana cambiase la decoración como le viniera en gana? Sonreír. Eso era lo que tenía que hacer. Sonreír e invitar a comer a su ex mujer.

«¿Qué has hecho con mi butaca?», rugió Pedro. «¿Y a ti qué te importa? No es tu butaca. Es mía», ladró ella. «Tuya, claro. Como la casa entera. Te quedaste con todo». «La casa es alquilada. Y no me quedé con todo. Creía que las cosas habían quedado lo suficientemente claras cuando hablamos con el abogado». ¡Las cosas claras! ¿Qué cosas? ¿Que Ana vestía ropas extrañas, que era capaz de vivir sin él, que en su casa, su propia casa, apenas si flotaba su recuerdo? Apretó los puños y se dirigió al armarito de la esquina. Por lo menos el *whisky* seguía ahí. Agarró la botella y se encaminó hacia la cocina, con Ana pegada a sus talones. «¡Qué haces aquí? ¿Qué quieres? ¿A qué has venido?», insistía ella, con esa manía suya habitual de repetir las cosas 20 veces. Pedro sacó un vaso del armario y se sirvió un generoso *whisky*, sin hielo y sin agua, que apuró de un trago. He venido para hacerte feliz, pensó. Y se llenó de nuevo el vaso. Ana se había recostado contra la lavadora y había encendido nerviosamente un cigarrillo. ¡Ana estaba fumando! No era posible: ¡Ana fumaba! Ahí estaba, chupando su pitillo con desfachatada naturalidad. Y el humo tejía finos anillos grises en torno a ella, del mismo modo que los cinturones de asteroides se ciñen en torno a un planeta desconocido e inalcanzable.

«¡He venido a llevarme el frigorífico!», gruñó Pedro abalanzándose hacia el electrodoméstico. «¡No! ¡El frigorífico no! ¡Es mío!», gritó ella, abrazándose desesperadamente a la nevera. «¡Lo compré yo con mi dinero!», aullaba él, mientras luchaba contra el mueble y su ex mujer. «¿Qué dinero? ¿Y todos esos años en los que fui tu criada, quién me los paga?», bramaba ella, dándole manotazos y aferrándose como si tuviera ventosas a la superficie lacada del aparato. Forcejearon durante un rato, con el frigorífico chirriando y dando tumbos, hasta que la puerta se abrió y cayeron al suelo, haciéndose añicos, un par de botellas. Se detuvieron ambos, jadeantes. «Ana. Por favor. Dame el frigorífico. Por favor. La nevera del apartamento es una mierda, no funciona. Nada funciona. Por favor», susurró él, casi llorando. Ana le miró. Y luego, dando un suspiro, desenchufó el electrodoméstico y comenzó a vaciarlo rápidamente: «Llévatelo. Y no vuelvas». A Pedro le tomó más de un cuarto de hora arrastrar el armatoste hasta el descansillo, mientras Ana le contemplaba impasible, cruzada de brazos, fumando cigarro tras cigarro. Meter la nevera en el ascensor fue otra proeza, y Pedro quedó atrapado como una polilla entre el mueble y el espejo. «Adiós», dijo entonces Ana, cerrando la puerta y pulsando desde fuera el botón de bajada como quien acciona la palanca de la silla eléctrica. La caja retembló y descendió los cinco pisos con desesperante lentitud, hasta detenerse al fin en el bajo. ¿Qué otra cosa podía hacer él? Salió, oteó el horizonte, cerró cuidadosamente la puerta del ascensor y huyó, abandonando la nevera a su destino.

Su cabeza estaba llena de un gas burbujeante. Pedro conocía esa sensación. Así empezaba el ciclo. Cuando salió de casa de Ana entró en un bar y se tomó otro *whisky*. Luego se encerró en una cabina telefónica y comenzó a marcar todos los números que contenía su agenda. En orden descendente. De los más apetecibles a los menos. Estaba más o menos hacia la mitad de la escala cuando consiguió que Paco y Pilar le invitaran a comer. Bueno, no exactamente a comer, porque ya eran las cuatro de la tarde. «Pero pásate por casa y te daremos algo». Y aquí estaba ahora, tomando queso con pan mientras sus amigos bebían café. Y con la cabeza llena de un gas burbujeante. Así empezaba el ciclo. Luego, unas cuantas copas más allá, el gas se convertiría en vapor, y su cráneo en una olla a presión a punto de estallar. Más tarde, las neuronas se le harían agua. Después barro. Y, por último, la sesera se le solidificaría convertida en un granítico adoquín. Conocía bien el proceso. En fin, ahora que estaba en la mejor parte convenía aprovecharse. Así es que le pidió un *whisky* a Pilar.

Paco, mientras tanto, fumaba en pipa y hablaba como una cotorra alegre de amigos comunes. «¿Sabes lo último de Gabriela? ¿No lo sabes? Pues es la monda. ¿Sabes el novio ese que tenía? ¿No lo sabes? Sí, hombre, ese abogado que ella decía que era el hombre de su vida... a las dos semanas de haberle conocido. Pues bueno, ya le ha dejado. Ahora sale con otro. Le conoció en un viaje a Barcelona, hace nada, hace unos días. Y ya está diciendo que éste sí que es el hombre de su vida, y que van a quererse para siempre. A ver cuánto le dura. Es que la gente va como loca, no lo entiendo», y, diciendo esto, Paco contemplaba a Pilar con una orgullosa sonrisa de antiguo dueño.

No es la gente la que va como loca, es la vida, pensaba Pedro. La vida era una locura inexplicable. A medida que se iba adentrando en las brumosas rutas del alcohol, Pedro creía advertir cierto chisporroteo en su memoria. Como si sólo se pudiera acceder a los recuerdos de los momentos etílicos agarrándose uno, una vez más, una considerable melopea. A medida que se iba emborrachando, la fiesta de la víspera parecía empezar a reconstruirse en su cabeza. No quería. No quería acordarse porque presentía que había algo amenazador en todo ello. Pero no podía evitarlo. Ahí estaban los recuerdos, emergiendo sobre el mar del olvido como la punta de un frío y acerado iceberg. Y ahí estaba Lola, su compañera de trabajo, su subordinada, con la que había estado saliendo en los últimos dos o tres meses. El día anterior había sido su cumpleaños. Y por eso hizo la fiesta. Estaban todos, todos los colegas de la oficina. Menos los jefes. Él, Pedro, era el único directivo que había acudido. Porque, claro, estaba ligando con la chica. Bien mirado, Lola había sido muy valiente. Quizá demasiado. En la fiesta había dejado entender abiertamente que ellos dos estaban enrollados. Bueno, en realidad no había nada que ocultar, porque ambos se encontraban sin pareja. Pero, aun así, ¿no estaba corriendo demasiado? Claro que él le había dicho que la quería. Que la quería sólo para él y para siempre.

Entonces, ayer, ahora lo recordaba, pidió a Lola, no sabía por qué, que le enseñara fotos de su infancia. Riendo, y en mitad de la fiesta, se retiraron los dos a un cuartito pequeño. Allí Lola sacó el cajón de las fotos. Y, junto a las instantáneas infantiles, estaban todas las demás, todas las fotos de su historia, Lola con sus tres novios anteriores, con los tres hombres con los que había vivido. «Éstas no las veas», dijo ella. Pero él gruñó, fascinado y aún divertido: «Dame, dame. Quiero verlas todas. No admitiré ni una censura». Y ahí fueron pasando. Rectángulos de brillantes colores o desvaídas *polaroids*. Lola besándose con el primero ante la torre Eiffel. Lola y el segundo cogidos de la mano, sonrientes, saliendo a la carrera de un soleado y espumoso mar. Lola y el tercero ante el pino de Navidad en Navidad. Lola en el campo, en la cocina de su casa, en una reunión familiar, en una fiesta de cumpleaños con un cucuruchito en la cabeza, siempre con sus hombres al lado, imágenes congeladas de la felicidad, cegadores cromos de la dicha. Y las fotos iban cayendo como caen sobre una piel lacerada los latigazos del verdugo, abriendo un poco más la llaga cada vez. No, Pedro no tenía celos de esos tres hombres: tenía celos de la vida. Añoraba la inocencia de Lola y su propia inocencia. Deseaba haber sido él quien la llevara de la mano en esa playa; él quien le colocara el cucurucho en la cabeza. Un Pedro intacto que no hubiera despilfarrado aún su credulidad, un Pedro ignorante de las pérdidas. Si Lola ya había vivido todos los espejismos de la dicha, ¿qué podía ofrecerle a él a estas alturas? ¿Una emoción de segunda mano, envejecida y cautelosa? ¿Para pasar luego él, Pedro, a formar parte de la colección de fotos del fracaso? ¿De lo que alguna vez quisieron ser y no pudieron?

Frente a él, al otro lado de la mesa y de la existencia, Paco seguía mordiendo su pipa y charloteando. Con todo, Pedro sospechaba que no era eso lo peor. Lo de las fotos. Había algo más enterrado en el pozo salvador del olvido, algo que pugnaba por salir y que era oscuro. Algo que había sucedido en esa fiesta de lo que él no quería ni acordarse. Sacudió la cabeza, deseoso de cerrar la puerta de la memoria. Pilar se inclinó afectuosamente sobre él: «¿Te pasa algo? A mí me parece que estás bastante chispa. ¿Quieres que te prepare un café?». Pilar tenía el pelo castaño y los ojos azules. Y una cara suave, sensible, acogedora. Pedro la sujetó por la cintura y la atrajo hacia sí: «Pilar, tú eres la mujer que me conviene». «Sí, claro. Porque soy la que ahora está más cerca», rió ella, intentando soltarse. Pero Pedro la estrechó con más firmeza: «Te lo digo en serio». Y era verdad. Súbitamente Pilar refulgía ante él con todos sus atributos femeninos. Era una mujer serena, aposentada. Una persona dulce y cariñosa, y al mismo tiempo inteligente. ¿Cómo no se había dado cuenta antes de lo mucho que le gustaba Pilar, de lo bien que le casaba? Ella sería la única mujer del mundo capaz de entenderle en todas sus arruguitas interiores. ¡Si incluso le gustaba el ajedrez, como a él! Ella podría materializar el sueño de la gemelidad, del otro idéntico. Era una mujer para vivir y para morir, para amar y para envejecer con ella, la compañera para siempre, por los siglos de los siglos. «Deja a este idiota y vente conmigo, Pilar, vente conmigo.»

Entonces a Paco y a Pilar les entró de repente una prisa tremenda por salir. Tenían que hacer unas compras de última hora para los Reyes del niño, le dijeron, aprovechando que la criatura estaba visitando a los abuelos. Así es que Pedro tuvo que apurar el *whisky* a toda velocidad, y ponerse el abrigo a trompicones, y salir con ellos a la calle, gélida calle invernal, noche cerrada; y ellos se marcharon cogidos del brazo, dejándole allí tirado en mitad de la acera, con la cabeza llena de vapor y maldiciendo a ese repugnante niño de siete años que aún no había aprendido que los Reyes son siempre los padres.

El acomodador le despertó más bien de malos modos: «Que se ha acabado la sesión». Pedro parpadeó, atontado, y se asombró de encontrarse en mitad de un cine vacío. Sí, ahora lo recordaba: se había metido aquí por pasar el rato. Y, entre cabezada y cabezada, aún había alcanzado a ver en la pantalla breves escenas inconexas de chicos y chicas felicísimos. Como las fotos de Lola, aquella noche. Se levantó torpemente y salió de la sala. La cabeza le pesaba como un plomo, pero el nivel de alcohol de su sangre parecía haber descendido notablemente. Entró en un bar que había junto al cine y se tomó un cubalibre y dos pinchos de tortilla. Era un local miserable y siniestro, con luces de neón y un camarero sucio y malencarado tras la barra. Pedro era el único parroquiano, y el camarero simulaba limpiar el mostrador con una bayeta cochambrosa, moviendo de un lado para otro unos roscones de Reyes de aspecto alicaído y pétreo. Pedro miró el reloj. Las 12.15. Era el momento de animarse. Se daría una vuelta por el Jamaica, que era el lugar de copas que más frecuentaba. El dueño era un conocido, y allí siempre aparecía algún amigo. Salió del bar. Las calles estaban llenas de gente con paquetes. Sintió náuseas. Seguro que las repugnantes tortillas que acababa de tomar se encontraban en malas condiciones.

El Jamaica estaba animadísimo, con actuaciones en vivo y fiesta especial de noche de Reyes. Navegó hasta la barra entre el gentío, siendo saludado en el trayecto por unos cuantos hombres a los que no creía conocer. Un par de copas más tarde ya conocía a todo el mundo. Conversó largamente sobre coches con un tipo medianamente borracho, y sobre las reformas económicas de Gorbachov con otro tipo borracho por completo. Una mujer muy gorda con un vestido de florecitas a la última moda del 68 le colocó un cucurucho de papel dorado en la cabeza. Un poliomielítico que decía ser amigo íntimo suyo le convidó a una raya de coca en los retretes.

Sus neuronas navegaban ya medio licuefactadas por los anchos espacios siderales cuando cayó sentado en un sofá junto a una chica rubia y pálida. La chica sonrió y pestañeó con entusiasmo. «Una fiesta estupenda», dijo ella. «Estupenda», corroboró pastosamente él. Se encontraban en un rincón especialmente oscuro del local, pero Pedro pudo advertir, aun a pesar de la penumbra, que la mujer no era rubia natural, sino teñida; que sus pestañas tenían una longitud demasiado tiesa y sospechosa, y que su rostro se encontraba sepultado bajo una gruesa capa de maquillaje a medio derretir. Llevaba un bolero de lentejuelas de plástico y tenía los dientes manchados de carmín. «¿Y tú qué haces?», preguntó la mujer. «Despreciarme», contestó Pedro amablemente. «Noooo», rió ella, «digo que a qué te dedicas». «Soy economista». «Ahhh, qué interesante», exclamó la chica, con aspecto de encontrarse verdaderamente interesada. «¿Estás solo?», añadió después, mirándole escrutadoramente por debajo del rígido toldo de sus pestañas. ¿Lo estaba?, se cuestionó Pedro mentalmente. Era una pregunta demasiado difícil de responder. Contempló la atestada pista de baile, en la que se agitaba espasmódicamente una muchedumbre heterogénea, con sombreritos de papel charol en la coronilla y expresiones de tonta satisfacción en el semblante. De cuando en cuando, una batería de luces estroboscópicas recortaba sus figuras en el tiempo, una colección de imágenes congeladas, cromos de envidiable felicidad, imposibles fotos de la dicha.

Pedro se volvió hacia la mujer. En realidad, pensó, debe de ser bastante joven. Si se lavara el pringue de la cara; si se quitara las pestañas postizas y se restañara el carmín violento de los labios. Si se dejase crecer el pelo de su color, que debía de ser castaño tierno, la chica podía estar bien, incluso muy bien. Tenía algo en los ojos, y en el tímido nerviosismo de sus rasgos, que la hacía frágil, deseable. En el fondo, se dijo Pedro, es una prisionera de sí misma. Como yo. Dentro de ella, por debajo de la mujer pintarrajeada, se encuentra su yo más dulce y delicado. Del mismo modo que él, Pedro, guardaba en su interior lo mejor de sí mismo, un Pedro más noble, más sensible, digno a no dudar de ser amado. Sólo que nadie había sabido mirarle tan profundo. Esta muchacha, sin embargo, esta chica de las pestañas de cemento, quizá fuera capaz de verle como nadie. Desterrada de sí misma ella también, podía ser la única mujer del mundo que le entendiera en todas sus arruguitas interiores. Suspiró, emocionado, observando con inmensa ternura los dientes manchados de rojo de la chica. Sí, seguro que sí: ella podría materializar el sueño de la gemelidad, del otro idéntico. Era una mujer para vivir y para morir, para amar y para envejecer con ella, la compañera para siempre, por los siglos de los siglos. Así es que la cogió vehementemente de las manos y le dijo: «Tienes que ser mía, mía para toda la vida. Nada podrá hacernos daño si estamos juntos». Y la chica primero rió, luego tosió y después gruñó, porque Pedro le estaba retorciendo las muñecas, y empezó a agitarse, molesta, e incluso dio un gritito, y al final él la soltó, y la chica se puso en pie, dijo que iba un momento al servicio y desapareció para no volver a regresar.

Así es que al poco rato Pedro abandonó el sofá y se dirigió hacia la barra como el pájaro desplumado por la tormenta que acude por instinto a un bebedero. Pero por el camino se cruzó con un camarero que estaba sirviendo porciones de roscón. Se detuvo, encandilado por el antiguo olor a bollo recién hecho. Cogió un pedazo: estaba tibio aún y tenía un aspecto formidable, coronado de almendras y de crujientes láminas de azúcar. Se contempló en el dulce como quien se mira en el espejo mágico de un cuento: el aromático roscón reflejaba su imagen infantil, un Pedro perdido en el pasado. Iba a dar un bocado a la esponjosa masa cuando alguien dejó caer una pesada mano sobre su espalda: «Hombre, Pedro, por lo que se ve te has curado milagrosamente de tu cólico». Era Camacho, su jefe inmediato. Precisamente él, de entre los 5.000 millones de seres de este mundo. Sonreía, pero su voz era un bloque de hielo. «Sí, gracias, parece que estoy algo mejor», contestó Pedro dignamente, intentando modular la frase sin farfulleos. «¿Algo mejor, dices? Qué curioso. Yo, sin embargo, te veo cada vez peor. Te vas devaluando, chico. A estas alturas apenas si vales dos pesetas. ¿Qué opinas tú, Teresa?». Fue en ese momento cuando Pedro advirtió su presencia. El prototipo de la hembra estupenda. Joven, elástica, trigueña natural, carnal y lánguida. Era Teresa, la secretaria de Camacho y también su amante secreta. Secreta tan sólo en el sentido de que Camacho estaba casado, porque, por lo demás, era público y notorio que andaban juntos. Desde que Teresa entró en la firma, un par de años atrás, ya se sabía que Camacho la había contratado sólo porque era su querida. «Yo lo veo más bien poquita cosa», comentó la muchacha con sonrisilla vengativa. «No te lo tomarás a mal, ¿verdad?», añadió Camacho palmeando su espalda jovialmente: «Es sólo una broma... Como tu cólico. Por cierto, creo que me voy a comer tu roscón. A ti no te conviene nada, ¿sabes? Tengo entendido que es malísimo para los riñones». Y, arrebatándole el bollo de las manos, Camacho dio media vuelta y desapareció con Teresa entre el gentío.

Entonces Pedro recordó. Su memoria se abrió y vomitó todos los monstruos abisales. Las escenas prohibidas de la noche anterior. Cuando terminó de ver las fotos de Lola, Pedro había bebido un poco, y luego otro poco, y después muchísimo más, y al final volaba materialmente por encima del suelo subido a unas piernas deshuesadas. Fue entonces cuando se fijó en Teresa, fulgurante en su traje rojo, en sus uñas rojas, en sus labios rojos, un ensangrentado aullido de mujer resonando en medio de la fiesta. Él la miró, apreció toda su carnalidad, su fuerza de hembra; y comprendió que Teresa era una mujer para vivir y para morir, para amar y para envejecer con ella, la compañera para siempre. Así es que comenzó declarándole su amor y terminó abalanzándose sobre ella, babeándola, estrujándola, rasgándole el escote del vestido antes de que los demás le separaran por la fuerza, antes de que Lola se pusiera a llorar con grandes hipos y Teresa le insultara vulgarmente. Camacho no estaba en la reunión, pero sin duda ya había sido informado del suceso. Lo que más le escocía a Pedro es que Camacho ni siquiera hubiera pretendido pegarse con él. No le consideraba rival ni para eso.

A Pedro le había costado un buen rato de negociación y 1.000 pesetas el que el *barman* del Jamaica le diera un paquete de azúcar. Era un paquete grande, probablemente de un kilo, y pesaba agradablemente entre sus manos. Comenzó a recorrer las calles adyacentes al Jamaica. El aire estaba limpio y helado, y era un alivio tras la pesada atmósfera del club. De cuando en cuando pasaba un coche bullicioso, noctámbulos que regresaban de una fiesta. Era una madrugada hermosa y escarchada, la noche más mágica del año. En estas horas frías llegaban los Reyes para aquellos que aún sabían verlos. Pero hacía mucho tiempo que Pedro había dejado de mirar. Cruzó de acera. Cojeaba porque le dolía mucho el talón izquierdo. ¿Y por qué le dolía? ¿Se trataba quizá de un simple efecto más de la borrachera monumental que padecía? ¿Se le habría concentrado el alcohol precisamente en ese pie? Se encogió de hombros, demasiado aturdido para proseguir con sus pesquisas fisiológicas. Y además había encontrado su objetivo. Ahí estaba, aparcado en la esquina, el ostentoso coche de Camacho.

Con ayuda de una piedra y de las llaves de su casa, Pedro consiguió abrir en pocos minutos el tapón del depósito de gasolina. Rasgó el papel del azúcar, brindó a la Luna y sonrió. «Por Teresa», dijo, y echó medio paquete en el depósito. Luego cerró la tapa con cuidado, borrando todas las huellas de su crimen. Y se alejó despacio, disfrutando.

Un centenar de metros más allá, un par de barrenderos regaban la calle. Pedro se detuvo, contemplando cómo el agua a presión se llevaba los restos de la noche. Uno de los barrenderos era una chica. Muy joven, apenas si aparentaba los 18 años. Era una chica robusta y de rostro lozano y agradable, y ofrecía un gracioso aspecto embutida en sus rudas ropas de color butano. Pedro la observó, deleitándose con la brusquedad adolescente de sus movimientos, con su enternecedora seriedad de trabajadora responsable. ¿Y si fuera ella? ¿Y si esta muchacha fuera su regalo de Reyes de la noche? Una chica tan joven que él podría enseñarla, educarla, construirla conforme a sus deseos. Una persona simple y afectuosa. Pedro sintió esponjarse en su interior la tibieza de un brote de cariño. Él la haría feliz, la mimaría; porque era una mujer para vivir y para morir, para amar y para envejecer plácidamente junto a ella. Deseó acariciar su pelo; deseó quitarle los enormes guantes y besar, una a una, las puntas de sus diez deditos. Deseó hacerle un regalo inmenso, portentoso. Pero no tenía nada que ofrecerle. Nada más que la media bolsa de azúcar que aún llevaba en la mano. Y, sin embargo, ¿por qué no?, quizá entre los blancos y rechinantes granos se escondiera un diamante, un diamante dulce como el azúcar, un diamante para siempre, cuya presencia en el paquete fuera un milagro de Reyes, la sorpresa del roscón que tanto anhelaba siempre Ana. Pedro se acercó a la muchacha y extendió, tembloroso, la bolsa de azúcar ante sí: «Ten. Es para ti. Es mi regalo». Y la chica, frunciendo los labios en una mueca deliciosa, contestó suavemente: «Anda, tío. Vete a dormir la mona y no fastidies».

Viajes al pasado

por

LUIS LANDERO

Tormenta de verano

El día en que clausuraron la Feria del Libro de Francfort, en esa misma ciudad molieron a palos a cuatro emigrantes turcos. Al igual que en fútbol, alguien podría decir: «¿Que ha habido juego sucio? Sí, pero al final hemos ganado, y eso es lo que quedará para la historia», porque la feria en verdad resultó un éxito, y su alucinado gigantismo, unido luego al suceso de los turcos, a mí me recordó, inevitablemente, la única cosa parecida, magnificada además por la nostalgia, que yo había visto hasta esa fecha: la Feria del Campo que, con 350 pabellones y 4.000 expositores, se celebró en Madrid durante el verano de 1962.

Si no se trató de un espejismo, aquél fue, desde luego, un año prodigio en experiencias y acontecimientos. Uno juraría que todo sucedió ayer mismo, y cuenta con testimonios personales y testigos fiables para reafirmarse en tal hipótesis, pero debió ser, en efecto, mucho antes, hace una eternidad, porque ya casi nadie quiere acordarse de aquel episodio de nuestra vecindad histórica, ni de cómo se fundó modernamente esta ciudad: cómo fue surgiendo de las cenizas todavía tibias de la posguerra hasta que, de la noche a la mañana, un poco al modo de la fiebre del oro y los pioneros del Oeste, se pobló de emigrantes y se disgregó en barriadas, en suburbios, en rancherías de chabolas y en cortijadas residenciales, en Villaverdes y Majadahondas, hasta llegar a ser metrópoli de la colza, sede de la Conferencia de Paz, corte de la especulación inmobiliaria, capital cultural de Europa, ombligo del mundo y villorrio de la humillación y la miseria.

Por acordarse, ni siquiera Manuel (llamémosle así) se acuerda ya de aquello, pero todavía muchos de los que llegamos a Madrid en los años sesenta creemos recordar muy bien esta historia fundacional de maravillas y escarnios. Podríamos recitar sin tropiezos la letra pequeña de aquellas páginas borrosas de nuestro pasado colectivo, y asegurar, sin otro riesgo que el de haberlo soñado, que en la Feria del Campo de 1962 se presentó una gallina mecánica que hablaba para explicar cómo se ponía un huevo, y lo ponía («¡la puta!», decía en cada puesta Manuel, que no tendría entonces más de 25 años), y una vaca con una panza de plástico transparente para verla por dentro, y una casa de campo que funcionaba toda ella con un gas nuevo que se llamaba butano. Fue un verano ardiente, y Manuel andaba a la deriva, con un gorro chino de flan chino El Mandarín, incapaz de digerir de golpe tanto progreso junto. «¡La puta!», era lo único que su ofuscación le permitía decir. Y podríamos también jurar que asistimos atónitos a la difusión del leacril, del enkalene, del tervilor, de la formica y de la espuma de nailon. Que llorábamos con Sautier Casaseca, con el *Ustedes son formidables,* de Alberto Oliveras, y que reíamos con Gila y con El Zorro.

Y si no nos engaña la memoria, también aquél fue el año de la talidomida, del pantalón de pata de elefante, de la independencia de Argelia, de la ejecución de Adolf Eichman, del Concilio Vaticano II y, sobre todo, del bloqueo de Cuba. El bloqueo fue en octubre, y por todas partes se oía que iba a haber una guerra mundial. Cada 15 minutos emitían partes radiofónicos, y entre medias ponían la *Balada de la trompeta* o *Quiéreme muy fuerte,* de Paul Anka. Alrededor de la radio nos congregábamos más de veinte personas, porque en nuestra casa había siempre gente de paso que iba llegando del pueblo en trenes nocturnos de carbón, con maletas amarradas con cuerdas y la cara sucia de carbonilla, que permanecía allí tres o cuatro noches, y que luego continuaban unos hacia Barcelona, otros para Bilbao, y los más atrevidos para Alemania o Francia. Pero casi todos se quedaban en Madrid y enseguida se colocaban de albañiles o lavacoches, a la espera de un puesto fijo en una gran empresa, y a ser posible en Electrolux. Ignoro de dónde vendría aquella obsesión mítica, pero allí se hablaba a todas horas y en un tono reverencial de Electrolux. «¿Has echado ya la instancia para Electrolux?», «pues dicen que a Fulano lo han admitido en Electrolux». Y Manuel era siempre el más animoso de todos, y el más alegre, y el que tenía una visión más optimista del futuro. Su gran ilusión era llegar a atiborrarse algún día de gambas a la gabardina, de berberechos, de calamares fritos, de langostinos, de escabeche y de todas las cosas buenas y caras que hay en este mundo. Y tendría también coche, televisión, tresillo, teléfono y nevera: «¡La puta!», decía, «¿por qué no puede ser?».

Los domingos, la casa era una fiesta, con toda aquella gente vestida de domingo y dispuesta a disfrutar de las ventajas que por todas partes ofrecía la ciudad. Unas veces íbamos a bañarnos al Jarama, otras tirábamos para el Rastro, y otras nos acercábamos por el rumbo de Alcorcón a ver si había avanzado mucho el piso que alguien (75.000 pesetas de entrada) se había comprado por allí. Durante horas mirábamos los cimientos y comentábamos lo que sería aquello cuando estuviese terminado. Y domingo a domingo y año a año vimos crecer los barrios, y llegó el día en que el horizonte era una interminable línea de bloques de ladrillos entre campos yermos y humear de vertederos y chamizos. «¡La puta!», decía Manuel, desbordado por el avance imparable del progreso.

Fue aquélla una época de temblorosas esperanzas, porque, frente a las miserias del secano y la mula, las migajas que caían del gran banquete urbano e industrial nos parecían las bodas de Camacho, y además siempre había algún prodigio al que atender. El 8 de noviembre, apenas resuelto el bloqueo, nos desplazamos cerca de casa, a la calle de Francisco Silvela, a ver de cerca el garaje donde el día anterior habían encerrado a Julián Grimau, tras detenerlo al bajar de un autobús. Nos admirábamos de estar allí, en el mismo sitio del que hablaban los periódicos, y nos sentíamos importantes y protagonistas de la actualidad. «¿Qué es un comunista?», le pregunté a Manuel. «¡La puta, pues no lo sé!», contestó él. Manuel trabajaba entonces en un taller de chapa y pintura, ganaba 30 pesetas diarias y no sabía lo que era un comunista. Juraríamos que aquel año el salario mínimo era de 36 pesetas, pero un obrero casado y con dos hijos necesitaba al menos 120 para sobrevivir con dignidad.

En 1962 hubo una huelga general, un estado de excepción y muchas inundaciones por toda España. Y, como luego supe, también ese año apareció *Tormenta de verano,* de Juan García Hortelano, a veinte duros el volumen. Y sí, en efecto, una tormenta o un sueño de verano, efímero y evanescente, fue aquella época de la que nadie quiere ya acordarse. Es cierto que a algunos les fue mal, y que sucumbieron a la colza, al alcoholismo, al paro o a la mera nostalgia; sin embargo, Manuel fue de los que prosperaron, como debe ser, y hoy tiene 55 años y todas las cosas razonables a las que aspiró en su juventud. Pero hace poco me contaron (y todavía no salgo del asombro) que ahora abandera una patrulla cívica, de esas que andan al atardecer a la caza del magrebí, del gitano o del *yonqui.* «¡La puta!», es lo único que acerté a decir en ese instante.

Así que en Francfort, no sé si por el espectáculo de los pabellones o por los turcos, me he acordado de él, y de la Feria del Campo, y del bloqueo de Cuba, y de aquellos tiempos en que llegamos a Madrid huyendo de la miseria en trenes nocturnos de carbón. En el caso de que aquello no haya sido un sueño, uno se atrevería a decir que sin memoria no podrá haber piedad para los desdichados, y que no hay barbarie que en última instancia no se origine en el olvido.

Los tumbados

Supongo que todavía seguirán existiendo los tumbados, aunque sospecho que ahora, con la televisión y los muebles bajitos, quizá estén confundidos entre los espectadores inermes y carezcan, por tanto, de la identidad patriarcal y excéntrica que siempre tuvieron. O acaso pervivan como signo de una mentalidad que, al extinguirse, los ha convertido en una curiosidad psiquiátrica o, para mayor ironía, en un producto del paro o de la sociedad del ocio y la opulencia.

En cualquier caso, es probable que muchos de los que hemos vivido en el sur hacia 1950 guardemos de ellos una noción tan imprecisa como indiscutible, pero lo seguro es que sólo algunos habrán tenido el privilegio de conocer de cerca a un tumbado; esto es, no a un holgazán, a un neurótico o a un simple enfermo imaginario, sino a un auténtico e irrepetible ejemplar de tumbado: a un hombre que una mañana opta por suspender su actividad social y se abandona espléndidamente a la inacción. Yo conservaba noticias propias de aquellos hombres formidables, borrosas ya por los años, cuando hace unos días, mientras aguardaba en una acera ante una luz roja, me acordé de repente de ellos.

Hay un instante, al cruzar una calle, en que el semáforo prohíbe el paso tanto a los peatones como a los automóviles. Es un momento de tensión, durante el cual los derechos de las partes se mezclan y excluyen. Por un lado, el monigote rojo detiene al transeúnte, pero la luz, también roja, ataja al automóvil. Es ésa una señal extrañamente poderosa, porque todo lo prohíbe. Cualquier movimiento supone una transgresión. Si los semáforos se averiasen en ese punto, la ciudad quedaría paralizada y cautiva en un tiempo de nadie, donde toda acción se convertiría en espera. Me acordé del limbo, ese paraíso sin placer reservado a la inocencia prematura y, por la inercia de la analogía, pensé si no estaríamos ya en él, instalados en un presente que es sólo la antesala de un futuro que nunca acaba de llegar. Nada ocurre, es cierto, pero todo está por ocurrir. Casi nada funciona, pero todo está por funcionar. Vivimos al borde del acontecimiento, me dije, y en ese instante se me vinieron a la memoria los tumbados.

Recordé que, siendo yo niño, iba limosneando por las casas una mujer cuyo marido, maestro albañil con seis lustros de experiencia, llevaba tumbado desde hacía nueve años. Nada excepcional había ocurrido en su vida. No había habido ningún desengaño, tendencia a la depresión o conflicto laboral o doméstico. No, a aquel hombre le había sucedido lo que a otros: que una mañana, sin anuncio previo, sin razón aparente, sin el menor síntoma de enfermedad o malestar, y en perfecto uso de sus facultades mentales, había decidido quedarse en la cama indefinidamente. Inútil era animarlo o persuadirlo a la acción, ni nadie lo intentaba, porque todos sabían que aquélla era una tragedia que carecía de nombre, de causa y de remedio, que le puede ocurrir a cualquiera, y que era tan inevitable como el rayo o la lluvia. Y tampoco a nadie se le pasaba por la cabeza acusar al postrado de molicie o locura, ya que en última instancia se trataba de designios de Dios o del destino y como tales había que recibirlos. Sólo restaba, pues, condolerse, resignarse e intentar salir adelante como mejor se pudiera. Les llamaban así: *los tumbados,* y que yo sepa no hay muchas noticias sobre ellos.

Aquella limosnera iba de puerta en puerta vestida de luto y con el estribillo: «Una caridad para esta pobre mujer que tiene seis hijos y a su marido tumbado desde hace ya diez años». Y la gente le daba algún socorro y la animaba a la esperanza y a la fe. Una vez contó el origen de su adversidad y, por lo que yo recuerdo, deduzco que el suceso no vino precedido por señales, sino que la propia víctima fue la primera en quedar atónita e indefensa ante la irrupción de la desgracia.

Parece ser que este tipo de fenómenos sobrevenía por la mañana, a la hora de levantarse, y que el indicio precursor no debía de ser otro que un silencio tozudo a los requerimientos de la esposa, que lo apremiaba al desayuno. A la tercera o cuarta llamada, es de suponer que ella, con ese instinto certero y casi voluptuoso que algunas mujeres suelen tener para las desdichas, se apresuraría al dormitorio, volvería a llamar al hombre de su vida, y como tampoco esta vez obtuviese respuesta, comprendería de golpe que acababa de consumarse una catástrofe familiar. Desde ese momento fatídico, tenían a un tumbado en casa, con todo el infortunio, no exento de orgullo, que esto significa. Porque lo más impresionante de estos dramas era el respeto y la adhesión con que los acogía la comunidad.

Se daban estos casos en familias humildes y siempre, infaliblemente, el tumbado era un hombre, por lo general laborioso y de espíritu manso y ejemplar. Se iniciaba entonces un proceso de desenlace imprevisible. Acudían los vecinos a acompañar en la desventura, a dar una especie de pésame y a reunirse en torno al tumbado en un acto muy parecido a un velorio sin muerto, o con el muerto vivo. Si alguien, desinformado, se interesaba por lo ocurrido, recibía por respuesta: «Nada, que Fulano se ha tumbado», y el otro movía desalentado la cabeza y decía: «Vaya por Dios».

Luego, la historia del tumbado se diluía en el tiempo. A veces le duraba la decisión toda la vida; y a veces, a los dos, cuatro o doce años, un día se levantaba y retomaba su actividad de siempre. «Fulano se ha levantado», se corría la voz entonces, y en todas partes se le recibía con naturalidad e incluso con admiración.

Una vez vi a un tumbado. Llevaba sólo tres años en la cama, y no debía de haber cumplido los cuarenta. «¿Cómo va eso?», le preguntó mi madre. «Aquí andamos con lo nuestro», dijo él. Sufría de un apetito montaraz. Continuamente pedía de comer, y nada le satisfacía. «Parece que no tiene fondo», nos confesó, sobrecogida, su mujer. Dedicaba el tiempo, además de a la pitanza, a mirar al techo, a recabar información sobre si era buen año de perdices y liebres, a escuchar la radio y a suspirar de tarde en tarde. Según atardecía, se fue animando desde la penumbra y se puso a recordar episodios lejanos de su vida, casi todos irrelevantes y festivos. Me impresionó su dignidad y, sobre todo, que aquella postración no parecía un descanso, sino una última y misteriosa forma de trabajo: allí estaba, laboriosamente echado, concentrado en su tarea ciclópea y ofreciendo el formidable espectáculo de una quietud que evocaba la de Job ante un destino fatal e incomprensible.

En ese instante apareció el monigote verde invitándome a cruzar. Recordé entonces esa obrita magistral de Delibes que es *Los santos inocentes,* y al Azarías, que a veces sufría lo que él llamaba la *perezosa,* forma quizá menor de esa vigilia atroz que viene a ser el tumbadismo.

Ignoro si estos casos son ya infrecuentes o legendarios o si han evolucionado difusamente hasta dar el tono aproximado de una parte de nuestra vida pública y privada, pero de cualquier modo, no me parece del todo inoportuno jugar a descubrir, bajo la máscara de la actividad, a los gloriosos y astutos descendientes de aquellos grandes y verdaderos derrotados.

Verano del 65

Cuando oigo hablar de las ilusiones perdidas de los años sesenta (en ese leve tono épico que se reserva a las derrotas memorables, de oficialía tan gloriosa como Marcuse, W. Reich, los Beatles, Warhol o Cohn-Bendit), inevitablemente me pregunto qué habrá sido de ellos, de los otros: de Rives, de Chavi Chau, de Ching-Fú, de Antoñita de España, de El Torito de Aragón y de la gran señora mexicana con los que compartí el verano de 1965.

Visto a la distancia, aquélla fue una línea mixta, algo así como el despliegue de un cono invertido: Guadalajara, Zaragoza, Valencia y finalmente Albacete, donde sucumbimos en una cantina ferroviaria: alguien sacó una navaja, ornamental y ridícula; chillaron las mujeres, puso paz un borracho con heridas de amor y nociones de dialéctica, se cruzaron votos de venganza, la compañía se disolvió y ya no volví a verlos nunca más.

Éramos artistas de circo y variedades, jóvenes promesas en general, con la excepción de una estrella eclipsada, y nos reunió El Torito, antiguo o falso campeón de lucha libre que intentaba por entonces convertirse en promotor de espectáculos musicales por provincias. Ignoro cómo nos reclutó, pero es de suponer que en academias de baile y en programas radiofónicos matutinos, promocionados acaso por cacaos solubles y emporios mobiliarios, y titulados, por ejemplo, *Las nuevas estrellas de la canción, Salto a la fama* o *La ocasión de tu vida.* En cualquier caso, nos citó en un bar de Atocha el mismo mediodía ardiente de principios de julio en que los Beatles arribaron a España. Concurrimos unos 15, y el transporte corría a cargo de una furgoneta de nueve plazas que prolongaba el parasol con unas letras en relieve espolvoreadas de oro: «Los nuevos ídolos». De cabecera de cartel venía la gran señora mexicana, Carmen de Veracruz, que usaba peineta y perrito de paseo y tenía derecho a dos asientos, con cortinillas de separación. Componían el *atrezzo,* restando los dos baúles y las dos sombrereras de la gran señora (y, si quiere, unos platillos de peltre para el gozque), el equipaje personal y artístico de cada uno, la orquesta (saxo y batería) y tres bultos de lona en los que años después reconocí los decorados de una vieja reposición de *Hamlet.* Aparecían aquí y allá una torre, un trozo de canchal y otro de doncella, una lúgubre perspectiva estrellada, algunas calaveras y un abismo, aunque también una estampa cortesana con bufones, arlequines y músicos de cuerda, términos sobrados para que Rives evocara felizmente «la unión españolísima de la risa y el llanto, de la pena viril y la copla alegre y volandera».

Y así fue como durante dos meses viajamos de pueblo en pueblo, sin otro rumbo que el que marcaba Rives, un tipo rubio y patizambo, una especie de mico rey de aquella hispanidad plebeya y selvática que tan bien supo retratar Velázquez, y que ejercía de representante con los siguientes atributos: zapatos charolados y picudos de bailarín arrimadizo, traje gris perla, clavel en el ojal, elocuencia, pañuelo al cuello y apellido, sobre todo apellido. Se llamaba Rivas, Beltrán Rivas, pero había abreviado rumbosamente a Rives, haciendo así del laconismo un modo ilimitado de retórica. Iba delante, casi siempre a pie, en su nube de polvo, contratando cines o teatros y, en su seguro defecto, salones de baile, casinos y hasta simples corrales: cualquier lugar que nos sirviese para desplegar los decorados y ofrecer la función.

Durante dos meses seguimos sus pasos, sin conseguir nunca congregar más de 30 o 40 espectadores y sin recaudar (entre precio de entrada y rifa de botella de *brandy* al intermedio, la misma que le servía a Rives para ilustrar una querella lírica de Rafael de León donde hacía de cornudo calderoniano y no sé si también de legionario) más de lo justo para el *gas oil* y la cena: pan, queso, vino y sardinas en lata. Dormíamos los hombres al raso, echados y arropados por los decorados, y las mujeres, en la furgoneta.

Supongo que durante aquellos dos meses nos mantuvo en pie la inconsciencia juvenil o la mera esperanza. Algunos habían sido alguien en el mundo del espectáculo. Carmen de Veracruz, sobre todo, vivía aún los últimos brillos de una gloria sólida aunque efímera. Cantaba algo de una calandria y una jaula y un estribillo («voló, voló, voló») que el público, a pesar de la petición de la artista, que agitaba los brazos demandando adhesión, no se animaba a corear. Al final, nosotros, entre bambalinas, forzábamos los aplausos, cosa que aprovechaba ella para lanzar besos al respetable y reclamar en escena al perrillo, para que también él participase en la aclamación.

Son tiempos ya casi olvidados. Chavi Chau era cantante melódico, de los de traje titilante —que más coruscaba por el uso que por las lentejuelas—, pajarita de terciopelo, flequillo escultural, cuerpo bailongo y perfil matador. Estaba seguro de que no tardaría en convertirse en astro de la canción. Solía decirme: «Qué suerte tienes, Luisito, que algún día podrás presumir de haber conocido a Chavi Chau cuando Chavi Chau no era todavía nadie». Ching-Fú se llamaba en realidad Juan Hontecillas, pero en el verano de 1962 había participado de extra en *55 días en Pekín,* película rodada en los alrededores madrileños, y desde entonces había decidido quedarse ya de chino, con nombre y atuendo chinos, y para hacer más creíble la identidad había aprendido unos juegos de magia, a vomitar fuego, a lanzar cuchillos y a saludar con reverencias. Jorge, hombre otoñal, era bizco, según él de ser saxofonista y de tanto tocar boleros lentos, y Munner lo acompañaba a la batería con el aire eficaz y aburrido de un funcionario judicial. Se hacían llamar Jorge and Munner, y lo primero que hacían al llegar a un pueblo era irse juntos del brazo en busca de una plaza donde echarles miguitas de pan a las palomas. Antoñita de España, por su parte, actuaba de bailaora y tonadillera, y su secreta esperanza era representar algún día a España en la Eurovisión. Quizá por eso se mantenía apartada y altiva, y cuando me mandaba a por agua o café, me decía siempre: «Y acuérdate de que, el día que yo triunfe, te llevaré conmigo de primer guitarrista».

Éramos unos 15, y cada cual interpretaba sus miserias como un trámite purgativo hacia la gloria. Por la noche, antes del sueño, más de uno hablaba de lo que haría cuando cobrase hacienda y nombre, y aquellos envites adquirían un sentido sobrecogedor bajo el doble cielo del verano y de *Hamlet.* La vida parecía estar allí, al alcance de cualquier mano valerosa que osase tenderse hacia la rama dorada del futuro. Éramos jóvenes, y los tiempos venían cargados de promesas.

Esto ocurrió en 1965, y no he vuelto a verlos nunca más desde la tarde aciaga en que Chavi Chau le exigió a El Torito ser cabecera de cartel, y salieron a relucir navajas y gritos de mujeres, y en un instante la compañía se disolvió. Eran los tiempos de Luther King, de Vietnam, de los Rolling, de las primeras revueltas universitarias: época de grandes y últimas ilusiones, que también concluyeron sin que nadie, ni la imaginación ni Chavi Chau, llegaran a alcanzar el poder o la gloria.

Alburquerque

Según las nociones de antaño, el lugar donde nací (Alburquerque, tan rumboso en la fonética como recóndito en todo lo demás) estaba limitado al sur por un castillo fronterizo a cuya mazmorra bajaba cada noche el espíritu de don Álvaro de Luna a purgar los pecados del mundo y de la carne, al oeste por una ribera de aguas inestables y mansas que tenía un puente de seis ojos y cañizares en la orilla, cosa que aprovechaba el viento para venir allí a hacer sus melodías; al norte por un pozo de honduras verdes y cuadradas donde iban a ahogarse en la alta noche los dolidos de amor, y al este por un olivar en que habitaba una colonia de chicharras que retrasaban el amanecer porque, como es sabido, las chicharras se alimentan de rocío, de modo que cuando salía el primer sol ellas se habían comido ya todos los brillos y los rayos no encontraban un asidero donde afirmarse y prender su lumbre. Según mi abuela, relatora oficial de estos hechos, era preciso entonces acantonar gallos por aquella parte para que con sus cantos orientasen al sol y lo ayudasen a salir, y era por eso por lo que, en efecto, había tantos gallos cerca del olivar.

Yo vivía entonces con la esperanza de que un día el sol no

acertara a asomarse y me quedase sin escuela. Pero al final siempre vencían los gallos. Así que me vestía, cogía la cartera y el vasito para la leche americana y salía a la calle. Cerca de casa vivía un viejo y su nieta. El viejo era alto y combo, vestido de negro, con pajarita, bombín y unos botines de becerro que sólo muchos años después me llegaron a parecer ridículos. Sin embargo, en la memoria surge a veces ataviado con levita, chaleco y bastón de paseo, elegante y liviano como para rendir visita a una marquesa. Sospecho que este aspecto es deudor de un reloj de bolsillo cuya cadena le cruzaba un ala del chaleco y que continuamente consultaba no tanto para informarse de las horas como por el prestigio de andar en misteriosos tratos con el tiempo. Pero lo más probable es que, si ha llegado a recibir algunos atributos del Conejo Blanco de Lewis Carroll y John Tenniel, se deba a su nieta: una niña rubia y repipona que sabía contar hasta más allá de mil y andar en equilibrio por los bordillos cantando arrullos de doncellas.

Algunas mañanas coincidíamos un trecho camino de la escuela, yo a la nacional y ella a la de monjas. Cada uno por su acera pero a la misma altura, jugábamos a contar los pasos del otro. Cuando llegábamos a ochenta, que era hasta donde yo alcanzaba entonces, ella se volvía, sacaba la lengua y gritaba: «¡Ay, pobrecito Albacete!», y salía corriendo y contando muy deprisa los pasos: «¡Ochenta y uno, ochenta y dos, ochenta y tres, ochenta y cuatro...!», hasta que doblaba una esquina y su voz se iba borrando en la distancia.

Yo seguía adelante y siempre daba un rodeo para pasar por el pozo y ver si había dentro algún muerto de amor. Luego entraba en la escuela, me sentaba en el pupitre y sacaba de la cajonera un cartelito donde ponía: «Albacete».

Yo entonces, en efecto, era sólo Albacete. La primera vez que fui a la escuela mi padre me dijo: «Y ya sabes, a ver si consigues ser Ceuta o Melilla, y si no puede ser, por lo menos Toledo o Gran Canaria». El maestro se llamaba don Fermín Paniagua e irrumpía montado en un caballo porque antes de venir a la escuela iba a cabalgar a una viña que tenía y para entrar en la cuadra debía pasar forzosamente por la clase. Me acuerdo que el caballo era tordo y que a don Fermín le gustaba hacer unas cabriolas y lucirse con unos relinchos sobre la tarima y luego pasearse entre las filas de pupitres para examinar los deberes desde su montura o tomar la lección. Era mutilado de guerra, de los de la pata tiesa, y dividía la clase en zona nacional y zona republicana. Los primeros eran los listos y los otros los torpes, y quienes al final acabasen de republicanos, suspendían. Don Fermín, con la ayuda de los listos y de una verdasca de olivo, extensible al caballo, debía liberar la otra zona. Así nos pasábamos el curso. Recuerdo que había un muchacho muy zoquete y en primavera ya sólo quedaba él de republicano. Se sentaba al fondo de la clase, en un rincón. Era mayorzote y torvo, con dientes relinchantes y un ojo torcido. Don Fermín le llamaba Madrid y Cocidito madrileño, porque todos empezábamos de republicanos y según íbamos engrosando la otra zona nos ponía nombres de las ciudades liberadas, y a los primeros en pasar, Ceuta y Melilla. Yo, estudiante mediano, nunca conseguía pasar de ciudades medianas, y cuando mi padre me preguntaba al volver a casa qué ciudad era, yo bajaba la cabeza y susurraba: «Albacete». Él me daba entonces un pescozón y decía: «¡Ay, calamidad, calamidad, nunca llegarás a nada!»

Que yo no iba a llegar a nada lo tuve siempre claro desde que mi abuela me contaba cuentos y todos empezaban así: «Hace mucho tiempo en un país lejano». De ahí deduje que, viviendo yo en Alburquerque y en el tiempo actual, nada digno de asombro podría ocurrirme nunca. Todo lo maravilloso pasaba siempre lejos. De tarde en tarde llegaban viajeros del mundo del turrón y la farándula que traían en los ojos la luz estupefacta de otras tierras, y hablaban de una ciudad cuyas calles eran ríos, y de otra donde la noche duraba seis meses, y de otra (y ésta era la más portentosa de todas) donde había muchos estranguladores que se escondían en la niebla perpetua de las calles y a cada momento se oían los gritos de las víctimas y los silbatos de alerta de la policía. Y todas esas maravillas las daba el estar lejos, y no había prodigio que no se debiera a la distancia, en tanto que allí en el pueblo y en los días iguales del mísero presente, la vida sólo podía ser un círculo del que no había manera de salir. Cada cual giraba en su redondel como los astros en los suyos. Semanas y meses se sucedían y repetían sin tregua. Como mucho, yo iba aprendiendo a contar hasta cien. Sólo los números parecían ir hacia delante, sólo aquella mezquina ilusión nos concedían los años.

De muy niño, había vivido en el mundo de los zócalos. Siguiendo sus rutas, y guiado por las hormigas, que son los arrieros y romeros de los zócalos, recorría diariamente toda la casa, desde la puerta principal a los desvanes, y siempre volvía al punto de origen. Y una vez que tomé el zócalo en otra dirección, salí afuera y, de calle en calle y de casa en casa, anduve perdido por todo el pueblo hasta que el laberinto se cerró y me encontré de nuevo en el inicio.

Luego crecí, fui a la escuela y el círculo era entonces el trayecto, los números, Albacete, la casa. Y alrededor estaba el otro círculo: don Álvaro de Luna, la ribera, el pozo del mal amor, las chicharras, los gallos. Y más allá el mundo lejano, donde quizá la vida fuese otra cosa que aquel cautiverio circular.

En cuanto al futuro, todas las mañanas veía yo partir el sombrero de mi padre y cómo en la calle se le agregaba el bigote de un compañero de casino y desaparecían los dos dando saltitos entre otros sombreros y bigotes que iban o regresaban, y ése era pues el destino que me aguardaba a mí también: ser un sombrero y un bigote, y aprender a contar hasta el millón.

Cumplí los siete años. Un día en la escuela, don Fermín me preguntó desde su montura: «¡Albacete!, ¿qué cosa grande es Dios?» Yo no lo sabía pero vi a un compañero que, por entre las patas del caballo, empezó a hacerme señas. Fingía que fumaba un puro, exagerando el gesto como si fuese un banquero o un apoderado taurino. Entonces caí en la cuenta. «Dios es el Espíritu Puro», proclamé. Don Fermín hizo un caracoleo y me dijo: «Cierto, y en premio vas a elegir la ciudad que prefieras.» Yo bajé la cabeza y susurré: «El país de Maricastaña, don Fermín, esa es la ciudad que yo quiero ser.» El alzó el caballo de patas y debió de fulminarme con los ojos. «¡Con España no hay bromas que valgan, malandrín!», gritó, dándome con la verdasca, «¡en adelante, en castigo por tu cosmopolitismo, y ya para todo el curso, serás sólo Alburquerque!»

Y desde entonces, la niña Alicia se burlaba todavía más de mí. Y así pasaron los años, y nos vinimos a la ciudad.

Hoy sé que era entonces, en la infancia, cuando vivía realmente en un país lejano, lleno de maravillas que no supe ver hasta que la nostalgia me lo ofreció en la lejanía. Y de ese modo fue como, queriendo ser Maricastaña, llegué a ser Alburquerque, pueblo remoto y prodigioso y circular donde los haya.

Emma y Federico

Hace cuatro años, durante veinticuatro horas, yo fui Federico García Lorca, y desde aquel día memorable sus versos ya no han sido para mí los mismos. Ocurrió en el 86, con motivo del cincuentenario de su muerte. Un amigo y yo (aprovechando la feliz confusión entre folclore y cultura) conseguimos que un comité nos eligiera para hacer una gira por Universidades norteamericanas con objeto de difundir la cultura hispánica por aquellas tierras de apóstatas. Mi amigo recitaba a Lorca y yo desde atrás le atenuaba los énfasis con un fondo lírico de guitarra. Luego había un coloquio y el acto se disgregaba de inmediato en simbología: uno aportaba el caballo, otro invocaba la luna, comparecían los colores, las aceitunas, el agua, los instintos, y nunca faltaba el viejo republicano, anecdótico y testimonial, ni el incesante psicólogo que pacientemente esperaba su hora para carraspear y sacar de la chistera no ya el conejo, sino el canguro de la homosexualidad.

Pues bien, al llegar a Nueva Orleans sucedió algo que acaso sólo es posible en Norteamérica, donde la información cultural incurre en hiatos fenomenales, como, por ejemplo, creer (yo se lo he oído a un taxista de Nueva York) que el peligro de Nicaragua viene sobre todo de que hace frontera con Estados Unidos. Así que no es del todo inverosímil que una estudiante de Literatura hispánica creyese que Lorca era un poeta de hoy, y que las referencias a su muerte suponían una licencia retórica, equiparable a la de Antoñito «El Camborio» o a tantas otras muertes prematuras como aparecen en su obra. Y no sólo creía eso, sino que yo era García Lorca en persona. Me preguntó admirada: «Así que tú egues Fegueguico Gagsía Logca», a lo que yo, desde luego, no menos admirado, contesté que sí, porque un malentendido de ese calibre es un regalo que no se debe rechazar. Durante veinticuatro horas me bombardeó con preguntas sobre mi obra. Yo soy funcionario de literatura y todos los años intento explicar a mis alumnos los versos de Lorca, pero ahora que era Lorca, mis explicaciones de profesor no me servían. Ignoraba completamente por qué había escrito yo «Verde que te quiero verde» o cuál era el sentido profundo de «La casa de Bernarda Alba». Ignoraba incluso por qué mi homosexualidad no era tan excluyente como ella afirmaba saber de buena tinta. En fin, que fue una lección ejemplar: como profesor disponía de respuestas para casi todo; como autor no tenía grandes cosas que añadir a mis versos. Desde entonces, desde que fui Lorca por un día, la vida y la literatura se han mezclado de tal modo que ya no sé leerlo con el distanciamiento y la inocencia de antaño.

Algo similar me ocurre con «Madame Bovary». Cuando la leí por primera vez, hacia los veinte años, hice un descubrimiento absurdo: en la alcoba donde muere Emma olía intensamente a limón y a vainilla, y esa fragancia misteriosa sólo admitía ser descrita por dos adjetivos tan impertinentes como exactos: lujuriosa y metálica. Absurdo, en efecto, porque Flaubert no da ningún indicio, ni siquiera remoto, de ese olor. Durante algún tiempo me intrigó el origen de aquella experiencia singular: por qué yo, por mi cuenta, me obstinaba en un aroma apócrifo. Un día, casualmente, descubrí su secreto. Fue el regresar a la casa de mi infancia y al abrir una alacena en el desván. De golpe, allí, inconfundible, estaba el viejo y misterioso olor. Y allí, detrás de los útiles de dulcera de mi madre, hoy ya arrumbados, había un libro, el único libro que hubo en casa y que, por su carácter licencioso, se escondía en aquel lugar. Yo lo descubrí hacia los doce años y lo leía a hurtadillas, y luego volvía a dejarlo en su escondite, pero el olor a limón y a vainilla de los útiles de dulcería y el tibio tacto metálico de la batidora, el tamiz y los moldes quedaron unidos inevitablemente a la lectura. El libro era «La dama de las camelias», y el olor de la alacena se incorporó a la agonía de Margarita Gautier. De ahí pasó a la muerte de otro ilustre personaje femenino: Emma Bovary, a quien yo identifiqué inconscientemente con la Gautier, y en la confusión también el aroma saltó de la alacena a un libro y, años después, de ese libro a otro libro.

Hoy sé que no era el olor lo que captaba, sino una impresión vivida en la infancia. Es decir, recordaba al niño que una vez olió algo, no sabía qué, del mismo modo que a veces creemos recordar una melodía que hemos olvidado para siempre: evocamos la época en que la cantábamos, no la canción en sí. Por eso, la descripción del olor clandestino sólo permitía los adjetivos «lujurioso» y «metálico», que eran la máscara bajo la que aquél existía. Los rotos del olvido permiten así la reunión de sensaciones que jamás existieron juntos, sino en tiempos diferentes. Esta figura semántica se llama sinestesia. Por ella unimos dos sensaciones inencontrables en la realidad: verde viento, dulce melodía. Porque ocurre que las cosas sólo pueden recordarse con fidelidad una vez. A la segunda, el recuerdo está ya contaminado por algún detalle de la primera evocación. Si yo rescato hoy un color de hace tres años y en ese instante oigo la risa de un niño, quizá cuando quiera recordar el color recordaré también la risa, y llegará el momento en que no se conciba el uno sin la otra, y entonces habré de decir: azul risueño, y juraré que es una expresión tan oportuna como real. El carácter imaginario del pasado nos convierte a todos en poetas. En la memoria se quiebra la linealidad del tiempo y sus pedazos se mezclan como si los barajásemos. Basta leer a Keats, a Leopardi, a Antonio Machado, a Proust para advertir que la poesía es sobre todo el naufragio feliz de la memoria. Un olor es suficiente para reconstruir líricamente el reino perdido de la infancia.

Que yo sepa, se ha hablado poco de los olores de los libros, y también de la posibilidad de que algunos eruditos se hayan hecho adictos a ellos por el poder alucinógeno de sus efluvios. En mi caso recuerdo que iba a las librerías no a comprar, porque no tenía dinero, sino a olisquearlos. A Unamuno lo conocí por su aroma antes que por sus palabras en aquellas ediciones de Austral que despedían un tufo agrio, como de borras de café. A Bécquer lo compré y lo descubrí en no sé qué editorial cuya fragancia tenía efectos balsámicos, de modo que venía muy bien para la melancolía y para el catarro. Y las novelas del Oeste, que se alquilaban en los quioscos a 50 céntimos, despedían el husmo que habían ido dejando allí todos los lectores, pero quintaesenciados por un inconfundible olor a caballo y a pólvora.

Eran, desde luego, otros tiempos, cuando los libros tenían ese carácter sagrado que les permitió a Don Quijote y a Emma confundir la vida con la literatura. Con lo cual volvemos al principio. La literatura es vida, no puede ser otra cosa, porque nace de ella y a ella regresa. Y en ese ir y venir, en ese viaje de ida y vuelta, se funden y se enriquecen mutuamente. Nada define mejor ese proceso —descontando la metáfora— que la sinestesia. Por eso, García Lorca ya no será para mí nunca el mismo; por eso, en la alcoba donde muere Emma Bovary seguirá oliendo siempre a limón y a vainilla.

Una mirada admirada

por

JOAQUÍN ARAUJO

Para Valeria, la primera de nosotros que ya es árbol.

Uno de los secretos mejor guardados de la época fue la rebelión de los bonsais. Nadie, ni el causante, supo encontrar una explicación hasta casi 50 años más tarde. La cuestión es que a pesar de la tenacidad puesta en que un puñado de árboles fueran enanos impotentes, un día de la primavera del 93, tras la visita de unos niños de un colegio público al palacio presidencial, todos los bonsais recobraron de golpe su natural erección. Crecieron hasta el tamaño de un siglo, florecieron y dieron fruto en pocos segundos. Rompieron sus contenedores, los techos del invernadero y allí donde hasta entonces había una ordenada estantería de bandejitas con vida castrada y miniaturizada surgió el más genésico, enorme y variopinto de los bosques.

Toda la seguridad del Estado trabajó para que lo inexplicable no trascendiera a la opinión pública. Al tiempo de que con el mayor secreto se taló el inexplicable bosque y se buscaron soluciones científicas, sobre todo en el campo de los cambios genéticos por exposición a radiaciones nucleares. No hubo respuesta.

También por aquellos años, el otro bosque, el que si le dejaban crecía sin pausa comenzó a retroceder alarmantemente. Se multiplicaron los incendios, y cada año se doblaba la cifra de lo perdido en relación a lo repuesto. A pesar del consenso generalizado en conservar y acrecentar el bosque, los paisajes de ceniza aumentaban y aumentaban.

Como tantas otras rebeldías, aquélla le nació también de una añoranza. Tardó en darse cuenta de que el mundo tiene como motor a lo que echamos de menos. Que el primer material de construcción del futuro son los recuerdos. Que como esos fósiles que coleccionaba, todo está delante, sin que lo veamos hasta conseguir, siempre por azar, un enfoque correcto. El que propicia que las cosas, las ideas, las emociones se nos aparezcan como fantasmas. Sabía que mucho consiste en saber mirar. O en todo lo contrario, en imaginarlo. Cuando aún quedaban pájaros y ardillas le obsesionaba que estuvieran allí al margen de cualquier testigo. Que lo mejor, más bello, intenso y seguramente interesante de este mundo no hubiera tenido nunca espectadores capaces de transmitirlo. Le obsesionaba y le consolaba al mismo tiempo. Porque todo eso que nadie había contemplado quedaba al margen, de momento para siempre, de esa otra contaminación que es la divulgación, el manoseo especulativo de los propietarios de la realidad. «Siempre quedará un aliviante territorio del misterio» se decía. Por eso habitó en la creencia de que tan importante como coleccionar observaciones, datos, conocimientos era todo lo contrario: desacumular lo no visto, no anotado, ignorado.

Pero esos no fueron, en absoluto, los caminos que recorrieron sus tiempos y sus vecinos. Todo se quiso saber y el mundo quedó desmontado pieza a pieza como un juguete por un niño curioso. Luego, un tropezón en las prisas por recomponerlo, dispersó la coherencia interna del puzzle y nada encajó. Muchas ausencias y silencios entreveraban el mayor proyecto de los tiempos: la reconstrucción de los paisajes. Una labor débil, casi indefensa e imposible, desde el momento en que fue sincrónica de una destrucción cada vez más acelerada. En medio de proclamas incesantes sobre la necesidad de encontrar las piezas perdidas, se cogían las todavía presentes para apuntalar los edificios de la civilización con consecuencias tan graves como crear la imposibilidad de que las ya usadas ocuparan su lugar correcto y permitieran la pesquisa sosegada de lo ausente. Confundida, la sociedad ponía las ventanas como suelo, las puertas en el techo y sumaba confusión al laberinto, porque faltaban bastantes de las especies-espacios hilo de Ariadna.

Con ánimo de recomponer, es más, se llegó incluso a trastrocar los retazos que casaban entre sí, los pequeños enclaves que sí dibujaban un paisaje.

Y precisamente a una de esas manchas de armonía es a la que él más añoraba. Se le aparecía frecuentemente en sueños y ensoñaciones. Recurría siempre a la imaginación porque nunca hizo, ni archivó, fotografías, vídeos o películas. Consideraba que el culto desmedido a la imagen atentaba contra esas dos capacidades hermosas y necesarias: ver, empapado en la luz, al aire y hasta degustando y oliendo lo visto y, luego, la imaginación: el ser capaz de hacer tu propia película en esa ninguna parte donde vive lo imperceptible. La portentosa suplantación que habían generado las imágenes enlatadas era algo semejante y paralelo a la desaparición de las piezas del mosaico. Eran un mapa equivocado en la delirante busca del tesoro que ocupó a todos durante la centuria agotada.

Por suerte sólo tenía que entornar los ojos, en cualquier lugar, abierto o cerrado, para volver a verlos. No por casualidad se le aparecían tal como eran en otoño. Seguramente ese lento amarillo que consumía a sus carnes tenía algo común con el sosiego, la belleza, lo maduro como él mismo. Todo lo contrario al velocísimo fuego que se llevó todo: los cuerpos, huesos, cimientos y casi hasta los recuerdos del bosque. Con irritación y nostalgia, con consuelo y rabia, se veía paseando por su bosque de roble melojo, un día de noviembre que casi siempre identificó con el primero del mes. Tal vez porque durante su infancia acudía, en esa fecha dedicada a los muertos, al cementerio familiar. Tuvo la suerte de que sus queridos fueran a parar, como reparadoras cenizas, bajo una sencilla piedra ovoide, sin inscripción alguna, colocada al pie de un casi milenario roble. Apoyado en su tronco pasó muchas horas queriendo explicarse la fortuna de tener un bosque propio, de aletargarse escuchando sus conversaciones con la tierra y los conciertos de la mucha gente menuda que acariciaba el follaje, con esas otras hojas que son las alas. Pasear por aquellos territorios de libertad y belleza rebosante fue lo mejor de su vida. Era una doble felicidad. Porque pronto comprendió que a la correspondiente con cualquier infancia, al lado de gente queriéndole —y aquí incluía a padres y hermanos en plano de igualdad con los árboles, las nubes oportunas, los animales vistos e intuidos— había que sumar la heredada genéticamente como especie. El bosque, como decía tantas veces su padre, era también la infancia común de toda la Humanidad. Por eso perder del todo la pieza del puzzle que correspondía a sus arboledas fue como extraviar hasta el más pequeño asomo de inocencia que quedaba.

Tenía, pues, adicción por rememorar sus lentos paseos, por otoñales selvas mediterráneas. Cuando sus petirrojos, chochines, mirlos y zorzales vuelven a cantar como en primavera, haciendo del paisaje un capicúa sonoro. Cuando los musgos y líquenes superponían una molla de jugosos verdes. Cuando la tertulia de todos los colores atiborraba cada hoja. Cuando ya todas disfrazadas debatían su próximo destino a diez metros más abajo. Y hasta le parecía todo un viaje fantástico ese corto vuelo de las hojas de color lingote, caramelo, rubí, aceituna madura, acastañadas, ebúrneas. Que sus pasos fueran blandos por la alfombra de suicidios le permitía mejores proximidades a los corzos, su especie más amiga. Compartía con ellos la timidez, la soledad y la poesía. Porque un corzo es una concesión a la fantasía más que una relación biológica.

Como su pasión por lo que ya nadie, o casi nadie sentía pasión. Como su añoranza de los bosques. Cuando todavía quedaban caminaba y caminaba entre hojas cayéndose. Y aquel nomadeo anual entre ser consumidor y lo consumido, este canibalismo primigenio, esa digestión de sí mismos que hacen los árboles, le parecía la clave de su crecimiento contínuo, de su insultante longevidad. Se imaginaba la condescendencia con que algunos de los gigantes vegetales debían contemplarnos desde la atalaya de haber superado hasta media docena, no de generaciones, sino de civilizaciones humanas. También, cuando se consumó el apocalipsis, se atrevió a pensar que aquella tenacidad fálica de sus queridos árboles molestaba. Que el gran incendio tenía mucho de venganza, cretina, por supuesto, pero que de alguna forma no se podía soportar la sensata lentitud, el reciclaje constante y completo, la hospitalidad sin fisuras, el metabolismo vivificante. Ni siquiera el que siempre tuvieran los brazos abiertos, como esperando la respuesta, eternamente defraudada, de nuestro propio abrazo. Aquello que adensó Tagore con el magistral aforismo: «El leñador le pidió al árbol un mango para su hacha y el árbol se lo dio», le parecía la mejor definición del altruismo.

El bosque se acabó un 16 de agosto del 2002. Estaban citados aquel día cuatro años de sequía, cinco asesinos y 60 años de ausencias. Se habían ido yendo, escalonadamente, los pastores, primero, luego, unos tras otros, los leñadores, los micólogos, ornitólogos y finalmente, todos sus amantes. Se fueron los usuarios, los teóricos y los bomberos. La soledad del bosque fue la llama más grande. La llama que apagó todas las hogueras del futuro, tras todos los incendios, claro.

Miguel Vento tenía 22 años cuando se acabaron los árboles y llevaba otros tantos sin pisar el desierto que una vez fue bosque, es más, su bosque. Allí donde su padre había plantado unos 30.000 árboles, junto a un millón más puestos por la mano del azar.

Se acercó, aquel uno de noviembre del 2044 a la tumba donde ya descansaban cuatro abuelos, dos tíos, una prima y toda su primera memoria. Cumplía, a pesar de la falta del sentido del cementerio familiar, el de dormir entre las raíces de un roble, con el deseo de su padre de ser llevado al mismo lugar, de mezclarse con las, a falta de hojas, cenizas ya hace mucho tiempo arrastradas al fondo de los embalses secos. Porque el agua se ausentó al tiempo que los árboles.

Puso bajo la piedra aquel montón de cenizas y deseó ver sus ojos de nuevo manchados con lomas verdosas, con el bulto vivo de los árboles que miró nada más nacer. Le entró el irrefrenable deseo de ver crecer bosques. Pero no como en su infancia. Si las arboledas habían sido borradas del mapa a una velocidad cercana a la de la luz. Si el gran fuego destruyó 300.000 veces más velozmente que lo que tardó la vida en construir sus queridos robles de catorce metros y dos quintales de bellotas para ciervos y jabalíes. Él deseaba la compensación de que el bosque brotara a la misma velocidad. Se enredó en una ensoñación infantiloide a pesar de sus 44 años. Se imaginó como un acrecentador de la vida vegetal con sólo mirar a un suelo. Quería que su vista fuera un fertilizante ultrarrápido, que construyera edificios vegetales de un siglo de vida con tan sólo una mirada. Algo así como un pintor que de una sola pincelada pudiera llenar lienzos, en su caso paisajes enteros. Una bofetada de aire templado y un ligero temblor de tierra le hicieron abrir los ojos. Tropezó en su estupor y cayó de espaldas sobre la tumba familiar.

Tirado en el suelo todavía le pareció mayor el tamaño del roble. Allí estaba, si cabe más lozano y orgulloso que nunca el que había dado sombra al cementerio familiar. No bastaron los ojos frotados, los pellizcos para corroborar el estado de vigilia. Tuvo que darse un cabezazo con el mismo roble y que sangrara su frente para entender que a veces un deseo puede cambiar el mundo. Aunque sólo sea el tuyo. Pero enseguida comprobó que tenía el poder de acrecentar. Que bastó recuperar su vieja costumbre de mirar su entorno girando lentamente la cabeza para que el desierto quedara cubierto de todo lo anterior. Podía llenar de vida lo que mirara. El recuerdo se alquimizaba en realidad a una velocidad de cien años en un segundo.

Cabía la duda entre si lo regenerado era lo que aún respiraba en su memoria o la misma memoria de la tierra la que se servía de un deseo lo suficientemente intenso. Por eso su primera intención fue dirigirse a un lugar que no hubiera conocido jamás. Algo que requería tiempo porque había explorado medio país y sobre todo sus áreas boscosas antes de que desaparecieran. También se preguntaba si podría hacer crecer árboles en lugares que no los tenían en el 2002. De momento su terruño, reverdecido de un plumazo, era tierra de árboles y matorrales y allí estaban todos, o tal vez muchos más, en un suspiro.

Enfiló hacia los baldíos de Valdecañas, en buena parte desierto de dunas móviles desde hacía años. Allí, recordó, no había apenas árboles, casi todo era pastizal: campos de avutardas y cigüeñas. Pronto comprobó que también podía hacer crecer un árbol, un bosque, una mata de cualquier especie con sólo pensar la variedad, densidad, extensión y tamaño de lo que quería que creciera 300.000 veces más rápidamente que cuando la vegetación obedecía a las sabias y lentas leyes del planeta.

Ya recorría la noticia el mundo, como el más inexplicable de los fenómenos jamás contados, y Miguel sabía crear bosques galería, densos robledos. Restituyó las dehesas y los pinares, ya en el camino de regreso a la urbe que fue capital del Estado. Hacía ya tiempo que ese papel estaba en el lejano Berlín. Con casi cinco millones de habitantes y todos con segundas residencias, la provincia entera parecía una urbe continua. No por casualidad toda gris, como la ceniza. El prodigio movió las más inverosímiles especulaciones durante el primer mes. La recuperación de los bosques, praderías naturales y de las masas de matorral fue masiva. Incluso algunos jardines que, como el Retiro madrileño, llevaban tres décadas como una escombrera, reverdecían. Lo que hizo que medio mundo visitara la península de los bosques que surgían como hongos. Nadie sabía la causa y Vento se encargó muy mucho de no suicidarse haciendo pública la fertilidad de su mirada.

Callado y solo, pero admirado de su mirada, recorrió las españas hasta ponerlas más o menos como debían estar allá por el año 80 del anterior siglo, cuando él nació. Incluso se ayudó de los viejos inventarios de bosques y ecosistemas que acumuló su padre. La tarea fue rápida porque su poder también actuaba desde el aire y con dos docenas de vuelos consiguió que sus ojos abarcaran la práctica totalidad de su país. Calculó en diez años lo que le costaría recorrer el mundo para vestirlo de nuevo. Le faltaba presupuesto y a todas luces no podía hacer público su condición de bien público. Aun así lo fue sobrevolando casi todo, a base de vender hasta el último lapicero. Todo escalonadamente porque nunca se ausentó más de un mes. Además muy pronto se percató que lo suyo no era sólo un poder, también un contrapoder. Porque aunque no lo pensó, ni comprobó inicialmente, un día por casualidad, como la primera vez, descubrió que podía hacer que cualquier árbol creciera en las más pequeñas proporciones de tierra, en macetas e incluso que rompiera el asfalto o el cemento si debajo quedaba algo de suelo natural. Podía por tanto poblar las heridas que cuadriculaban la piel del planeta, esas que lo habían convertido en miles de compartimientos casi estancos. Decidió en consecuencia recorrer el camino inverso a la historia de destrucciones que había visto culminar. Y sobre todo usó su poder para frenar las todavía masivas e incesantes rupturas del entorno que seguían imperando en las políticas de la confederación del Norte.

Así cuando las máquinas pretendieron construir la quinta autopista entre Madrid y Barcelona o el tercer trayecto de trenes peumáticos, él puso un denso bosque a lo largo de todo el trazado. Y lo restituyó tantas veces como era quitado de su lugar. Las nuevas urbanizaciones, por completo innecesarias, pues prácticamente todas las familias tenían tres residencias —en montaña, mar y ciudad— eran desmanteladas con bosques impenetrables. Hacía ya tiempo que todos los embalses estaban vacíos, por tanto no se había construido ni uno solo en los últimos 22 años. Además sobre la península sólo llovía de vez en cuando y menos de 200 litros por metro cuadrado. Toda el agua provenía del mar, que había mantenido su nivel por la progresiva licuación de los casquetes polares, a pesar de que los 12 millones de humanos bebían y comían gracias a las plantas desalinizadoras y a una vasta red de acueductos subterráneos. Desde el primer momento de la recuperación del valle llovió más y refrescó en un país que sólo un mes antes tenía el aspecto del Rub al Khali del siglo XIX. La temperatura media del planeta había subido cinco grados, pero en la península Ibérica de inmediato, en un solo año, bajó tres. Algunas fuentes manaron y los arroyos de montaña desenterraron su canción de agua viajera.

Muy pronto los científicos anunciaron que no hacía falta fabricar más oxígeno. Algo que se hacía al tiempo que se desalinizaba el agua marina. Y hasta dejó de ser necesario el bombardeo de ozono a la alta atmósfera.

La cosecha de bondades ambientales era tanta y tan gratis que pronto cundieron las desobediencias al poder, apuntalado más que nunca en las anteriores décadas a consecuencia de su estricto control en el suministro de aire respirable y agua bebible. Rebeldías que cualquiera podía ver apoyadas por un gigantesco árbol en la puerta del gobernante y que le impedía el paso hasta que la enmienda llegaba. O cuando le salieron ramas verdes a todos los escaños de los parlamentos y raíces a todas las culatas de los fusiles del mundo, anclados para siempre y apuntando por fin hacia arriba.

Pronto, al quinto año, la mitad de las tierras emergidas tenían florestas indecibles, suelos engordados, ríos caudalosos, una atmósfera limpia y equilibrada y el doble de fruta y madera de la necesaria para cubrir las necesidades de la población.

Miguel amaba el empate, aunque la tentación de ganar por goleada era enorme. Pensó que merecían aprender en su propia carne lo que sucede cuando alguien decide acapararlo todo para sí, como hizo el gobierno del Norte tras la cadena de desastres que sucedieron del 2002 al 22, culminación de los acopios del siglo anterior.

Esperó que se entendiera que el equilibrio entre bosque y humanidad era creativo, reparador y sustentador para las grandes comunidades de la biosfera.

Pensó en que había quedado claro que, como la misma pretendida comunicación entre los humanos, o la siempre pospuesta fraternidad, o lo que se quiera, se trataba de partir la manzana en dos mitades iguales y que cada parte se comiera su porción.

Pensó que había cumplido.

Pero su sueño tuvo el suficiente calor como para que treinta años antes de que lo tuviera, se pusiera en marcha el equivalente a su metáfora de acrecentador con la mirada. Le bastaba convencer a 300.000 personas, el uno por cien de la población de su país, de que hicieran lo mismo que su padre llevaba haciendo desde antes que él naciera: plantar mil árboles al año. Y aunque no tan de prisa como en su sueño, sí que era cierto que las miradas fertilizan, que a los árboles también les riega la ilusión por verlos crecer.

Y que si el fuego es 300.000 veces más veloz que la tierra, de lo que se trata es de oponerle el mismo o mayor número de amables e incombustibles admiradores. En eso notó que le zarandeaban.

—Este niño se ha quedado dormido, dijo con media sonrisa el presidente.

—Ahora quiero enseñaros mi colección de bonsais.

De árbol a árbol

por

MARIO BENEDETTI

A ambrosio y silvia

Los árboles
¿serán acaso solidarios?

¿digamos el castaño de los campos elíseos
con el quebracho de entre ríos
o los olivos de jaén
con los sauces de tacuarembó?

¿le avisará la encina de westfalia
al flaco alerce del tirol
que administre mejor su trementina?

y el caucho de pará
o el baobab en las márgenes del cuanza

¿provocarán al fin la verde angustia
de aquel ciprés de la *mission* dolores
que cabeceaba en frisco
california?

¿se sentirá el ombú en su pampa de rocío
casi un hermano de la ceiba antillana?

los de este parque o aquella floresta
¿se dirán copa a copa que el muérdago
otrora tan sagrado entre los galos
ahora es apenas un parásito
con chupadores corticales?

¿sabrán los cedros del líbano
y los caobos de corinto
que sus voraces enemigos
no son la palma de camagüey
ni el eucalipto de tasmania
sino el hacha tenaz del leñador
la sierra de las grandes madereras
el rayo como látigo en la noche?

Amnistía Internacional

1961: Un hombre lee que dos estudiantes portugueses son encarcelados por hacer un brindis por la libertad y piensa que debe hacer algo. Ese hombre era Peter Benenson, y de su indignación nació Amnistía Internacional (AI).

Su idea es seguida hoy por más de 1.100.000 personas en 150 países, parte de ellos organizados en 8.000 Grupos Locales en 70 naciones. La organización se ha extendido cada vez más durante los últimos años por América y España. Grupos y Secciones formadas por cientos de voluntarios trabajan desde Punta del Fuego, en el sur de Chile, a localidades del norte de Canadá; desde las cercanías del estrecho de Gibraltar a las proximidades de los hielos árticos en Islandia.

Todos ellos profesan ideas y creencias muy diversas, pero comparten el ideario de AI: una organización no gubernamental, independiente de todo gobierno, ideología o religión, que actúa con un mandato de trabajo definido:

— Busca la libertad de los presos de conciencia (encarcelados por el ejercicio pacífico de sus ideas o creencias).

— Persigue juicios justos para todos los detenidos por motivos políticos.

— Pretende la abolición de la pena de muerte y la erradicación de la tortura y los tratos crueles a todo tipo de presos.

— Trabaja contra las ejecuciones extrajudiciales y las desapariciones.

— Se opone a abusos cometidos por los grupos de oposición, tales como la toma de rehenes, la tortura o el homicidio de prisioneros.

Para cumplir su mandato, AI investiga, denuncia y ejerce la solidaridad. Para garantizar su independencia, no recurre a subvenciones estatales. AI trabaja por todas y cada una de las víctimas. Miles de personas son ayudadas cada año por la organización, que promueve además la prevención de las violaciones de derechos humanos.

Cómo puede usted ayudar

Usted puede ayudar de muchas formas:

— Pagando la cuota de socio, o enviando un donativo con el que sufragar el trabajo de la organización.

— Formando parte de un Grupo de Voluntarios, que son la espina dorsal de la acción de la organización.

— Participando en la Red de Acciones Urgentes, escribiendo cartas a las autoridades.

***Sección Española:** Apartado 50.318. 28080 Madrid.*

Teléfono: 531 25 09. Telefax: 531 71 14.

Médicos del Mundo

Médicos del Mundo *es una organización no gubernamental de acción humanitaria, carente de toda filiación política o confesión religiosa, que tiene como objeto intervenir donde la guerra, la enfermedad, el hambre y la miseria constituyen un peligro para la vida humana.* ***MDM*** *existe en España desde 1988, año en que se montó como una delegación de Medecins du Monde; dos años más tarde adquiere autonomía y se funda* ***MDM-España.***

Organización de voluntarios, en ***MDM*** *colabora todo tipo de profesionales, no sólo sanitarios. La mayor parte de sus miembros actúa de forma desinteresada, aunque la organización, para su adecuado funcionamiento, cuenta también con personal de plena dedicación.*

MDM *intenta sensibilizar a la población de los países ricos frente a la miseria, la guerra y el deterioro ecológico; denuncia las injusticias sociales y políticas en aquellos países en los que desarrolla proyectos de acción humanitaria; subraya la necesidad de intervenir, incluso más allá del derecho a la soberanía de los estados, en aquellos lugares donde se atenta de forma flagrante contra los Derechos Humanos y elabora los proyectos con intención de generar infraestructuras que, a medio y largo plazo, atenúen los efectos devastadores de la pobreza.*

Médicos del Mundo. *C/ Fernández de la Hoz, 7. 28010 Madrid.*
Tel.: 593 42 78. Fax: 594 35 46.

Greenpeace

Hace 24 años, los problemas medioambientales quedaban muy lejos de nuestra consciencia. Fue en esos años, en 1971, cuando un grupo de personas se unieron para protestar contra las pruebas nucleares que el gobierno de los Estados Unidos realizaba en la isla de Amchitka... ¡y vencieron! Hoy día Amchitka es un santuario de aves y ***Greenpeace una organización ecologista internacional*** *con 5 millones de socios/as en todo el mundo. La sección española, que empezó a funcionar en 1984, hoy día cuenta con más de 65.000 socios.*

Greenpeace demuestra que cambiar es posible, *que podemos y debemos encontrar soluciones para los graves problemas ambientales que nosotros mismos hemos creado.*

Greenpeace trabaja en los problemas medioambientales globales *del Planeta (para frenar el cambio climático, proteger la biodiversidad, acabar con la energía nuclear y las armas atómicas y las convencionales de destrucción masiva), combinando en cada uno de ellos investigación, acciones directas no-violentas, presión política y educación pública.*

Greenpeace es económica y políticamente independiente: *no acepta ningún tipo de presión ni compromiso que no sea el de la defensa del medio ambiente.*

Greenpeace necesita tu compromiso moral y económico *para conti-*

nuar su trabajo por nuestro Planeta. Desde aquí, quedas invitado/a a unirte a nuestra labor. Ponte en contacto con nosotros y te haremos llegar más información lo antes posible.

Greenpeace. *C/ Rodríguez San Pedro, 58. 28015 Madrid.*
Teléfono (91) 543 47 04.

Índice

ESTE LIBRO HA SIDO IMPRESO
EN LOS TALLERES DE
HUROPE, S. L.
RECARED, 2-4. BARCELONA